Bianca

COMPROMISO INCIERTO
MELANIE MILBURNE

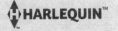

Editado por Harlequin Ibérica.
Una división de HarperCollins Ibérica, S.A.
Núñez de Balboa, 56
28001 Madrid

© 2017 Melanie Milburne
© 2018 Harlequin Ibérica, una división de HarperCollins Ibérica, S.A.
Compromiso incierto, n.º 2636 - 25.7.18
Título original: The Tycoon's Marriage Deal
Publicada originalmente por Mills & Boon®, Ltd., Londres.

I.S.B.N.: 978-84-9188-359-3
Depósito legal: M-16115-2018
Impresión en CPI (Barcelona)
Fecha impresion para Argentina: 21.1.19
Distribuidor exclusivo para España: LOGISTA
Distribuidor para México: Distibuidora Intermex, S.A. de C.V.
Distribuidores para Argentina: Interior, DGP, S.A. Alvarado 2118.
Cap. Fed./Buenos Aires y Gran Buenos Aires, VACCARO HNOS.

Capítulo 1

ERA LA mejor tarta de boda que Tillie había decorado nunca, pero ya no iba a haber boda. La boda de sus sueños. La boda que había planeado y deseado durante más años de los que quería contar.Miró la tarda de tres pisos con pétalos de azahar intercalados que había tardado horas en elaborar. Eran tan realistas que casi podían olerse. El delicado encaje que rodeaba la tarta le había llevado mucho tiempo. Incluso le había puesto a la novia de mazapán que coronaba el conjunto su cabello castaño claro, los ojos marrones y el tono de piel pálido, y había utilizado un poco de la tela del vestido de novia y del velo para vestirla igual. Aunque... se había permitido una pequeña licencia con el cuerpo de la novia, haciendo que pareciera que pasaba horas en el gimnasio en lugar de en la cocina rodeada de deliciosas tartas que tenía que probar para conseguir el equilibrio justo de sabores.

El novio era igual que Simon, rubio y de ojos azules... aunque el esmoquin que le había pintado encima ahora estaba lleno de agujeros.

Tillie agarró otro alfiler y lo puso en la entrepierna del novio.

—Toma, traidor.

¿Quién hubiera imaginado que las figuritas de mazapán podrían ser tan buenas muñecas de vudú? Tal vez podría hacer otra línea de negocio para novias abandonadas elaborando tartas con la figura de sus ex.

—Oh-oh —Joanne, su ayudante, entró en la cocina—. Tu cliente favorito te está esperando. Tal vez debería advertirle de que ahora mismo estás en contra de todos los hombres.

Tillie se apartó de la tarta para mirar a Joanne.

—¿Qué cliente?

A Joanne le brillaban tanto los ojos que parecían diamantes.

—El señor petisú de chocolate.

Tillie sintió cómo se le calentaban las mejillas más deprisa que el horno de cocer. Durante las dos últimas semanas, cada vez que aquel hombre entraba en la pastelería exigía ser atendido por ella. Siempre la hacía sonrojarse. Y siempre quería lo mismo: uno de sus petisús de chocolate belga. No sabía si enfadarse con él por hacer que se pusiera roja o por ser capaz de comerse un petisú de chocolate al día y no tener un gramo de grasa.

—¿No puedes servirle tú por esta vez?

Joanne sacudió la cabeza.

—No. Quiere hablar contigo y me ha dicho que no se irá hasta que lo haga.

Tillie frunció el ceño.

—Pero te dije que esta tarde no quería interrupciones. Tengo tres tartas de cumpleaños infantiles que decorar y luego ir a visitar al señor Pendleton al centro de descanso. Le he hecho su dulce favorito.

—Este tipo no es de los que aceptan un «no» por respuesta —aseguró Joanne—. Además, deberías ver lo impresionante que está hoy. ¿Dónde diablos mete todas las calorías que le vendes?

Tillie volvió a girarse hacia la tarta y puso un alfiler en el ojo derecho del novio.

–Dile que estoy ocupada.

Joanne dejó escapar un suspiro.

–Mira, Tillie, ya sé que fue duro para ti que Simon te dejara, pero han pasado tres meses. Tienes que seguir adelante. Creo que le gustas al señor petisú de chocolate. Al menos te está prestando muchísima atención. ¿Quién sabe? Esta podría ser tu oportunidad para salir y divertirte como nunca.

–¿Seguir adelante? ¿Por qué debería seguir adelante? –preguntó Tillie–. Estoy bien donde estoy ahora mismo, muchas gracias. He terminado con los hombres. Del todo –colocó tres alfileres más en la virilidad del muñeco de mazapán.

–Pero no todos los hombres son...

–Aparte de mi padre y el señor Pendleton, los hombres son una pérdida de tiempo, dinero y energía –aseguró Tillie.

Cuando pensaba en todo el dinero que se había gastado en Simon para ayudarlo a empezar otro negocio que había terminado fracasando... cuando pensaba en todo el esfuerzo que había puesto en su relación, la paciencia que tuvo con el compromiso de Simon de no tener relaciones sexuales antes del matrimonio debido a su fe para que luego terminara teniendo una aventura con una chica que había conocido en una página de citas de Internet.

Tillie había pasado años a su lado dejando sus propios asuntos de lado para ser una buena novia y luego una buena prometida. Fiel. Leal. Dedicada.

No. Seguir adelante significaría tener que volver a confiar en un hombre y eso nunca iba a pasar. No en esta vida.

–Entonces... ¿quieres que le diga al señor petisú de chocolate que venga en otro momento? –preguntó Joanna estremeciéndose al ver el muñeco de Simon lleno de alfileres.

–No. Voy a salir a verle.

Tillie se quitó el delantal, lo tiró a un lado y salió al mostrador de su pequeña pastelería. El señor petisú de chocolate estaba mirando los pasteles y pastas del mostrador de cristal situado bajo la barra de la tienda. Cuando se dio la vuelta y la miró a los ojos, Tillie sintió en el pecho algo parecido a una descarga eléctrica. Parpadeó dos veces como hacía siempre que él la miraba. ¿Cómo era posible tener los ojos de un azul tan raro, con aquel tono gris rodeando el iris? Tenía el pelo castaño claro con reflejos dorados naturales, como si hubiera pasado recientemente un tiempo al sol, y la piel aceitunada.

Y era alto. Tan alto que tenía que agacharse para entrar en la pastelería.

Pero era su boca lo que más llamaba la atención de Tillie. Por mucho que lo intentara, no podía apartar los ojos de ella. El labio superior parecía esculpido, y solo era un poco más fino que el inferior, lo que sugería que aquella boca sabía todo lo necesario sobre sensualidad. Era tan increíblemente masculino que hacía que los modelos de lociones para después del afeitado parecieran monaguillos.

–¿Lo de siempre? –preguntó Tillie agarrando una bolsa de papel marrón.

–Hoy no –afirmó él con su voz profunda y clara–. Esta vez voy a abstenerme de esta tentación.

A Tillie se le sonrojaron tanto las mejillas que podía haberse cocinado en ellas.

–¿Puedo tentarle con alguna otra cosa?

«Mala elección de palabras».

El hombre esbozó una media sonrisa.

–Me pareció que ya era hora de presentarme. Soy Blake McClelland.

Conocía aquel nombre. Blake McClelland, un playboy internacional, hombre de negocios de gran éxito y reputado mago de las finanzas. La casa de campo que Tillie cuidaba para el anciano dueño, el señor Pendleton, se llamaba McClelland Park. La había vendido Andrew McClelland a regañadientes cuando su joven esposa murió trágicamente, dejando atrás a un hijo de diez años. El hijo que ahora tendría treinta y cuatro años, exactamente diez más que ella.

–¿En qué puedo...eh... ayudarlo, señor McClelland?

Blake le tendió la mano, y tras un momento de vacilación, Tillie se la estrechó. El roce de aquella piel masculina en la suya le resultó tan electrificante como una corriente de alta tensión.

–¿Podemos hablar en algún lugar privado? –preguntó él.

Tillie sintió de pronto que le resultaba difícil pensar, y mucho más hablar. Aunque apartó enseguida la mano de la suya, la sensación de su contacto seguía recorriéndole el cuerpo.

–Ahora mismo estoy muy ocupada...

–No te robaré mucho tiempo.

Tillie quería negarse, pero era una mujer de negocios. Era importante mostrarse educada con los clientes, incluso con los molestos. Tal vez quisiera contratarla para hacer algún cáterin. Sería una tontería negarse a hablar con él solo porque la hacía sentirse un poco... desquiciada.

–Mi despacho está por aquí –dijo Tillie abriendo paso hacia el taller. Todas las células de su cuerpo eran conscientes de que él la seguía a unos pocos pasos.

Joanne alzó la vista de la tarta de cumpleaños infantil que fingía decorar con los juguetes de mazapán que Tillie había preparado la semana anterior.

–Voy al mostrador, ¿te parece? –dijo con una sonrisa radiante.

–Gracias –Tillie abrió la puerta que daba al despacho–. No tardaremos mucho.

Le gustaba pensar en aquella estancia como en su despacho. Pero ahora, con Blake McClelland ocupando la mayor parte del espacio, le pareció una caja de zapatos.

Tillie señaló con la mano la silla que había delante del escritorio.

–Siéntese, por favor.

–Las damas primero.

Hubo algo en el brillo de sus ojos que la llevó a pensar en otro contexto completamente distinto. Tillie apretó los dientes y siguió sonriendo mientras tomaba asiento.

–¿Qué puedo hacer por usted, señor McClelland?

–En realidad se trata más bien de qué puedo hacer yo por ti –su sonrisa se tornó enigmática.

–¿Qué quiere decir eso? –Tillie le insufló a su voz un tono frío de hostilidad.

Blake miró al taco de facturas que ella tenía sobre la mesa. Tres de ellas estaban marcadas con rotulador rojo, indicando que era el último aviso. Tendría que haber estado ciego para no verlas.

–Corre el rumor de que estás pasando un periodo de dificultades financieras –dijo.

Tillie mantuvo la espalda más recta que la regla que tenía sobre la mesa.

–Disculpe si esto suena brusco, pero no entiendo

qué tiene que ver mi actual situación económica con usted.

Blake no apartó los ojos de ella. Ni siquiera parpadeó. A Tillie le recordó a un francotirador que estuviera apuntando al objetivo con el dedo en el gatillo.

–Me he fijado en la tarta nupcial al entrar.

–No es de extrañar. Esto es una pastelería –afirmó ella con tono amargo–. Bodas, fiestas... a eso me dedico.

–He oído que tu novio se echó atrás en la mañana de la boda –continuó Blake sin apartar los ojos de los suyos.

–Ya. Bueno, es difícil que algo así se guarde en secreto en un pueblo tan pequeño –fijo ella–. Disculpe de nuevo, pero, ¿de qué me quiere hablar exactamente? Porque si se trata de mi ex y de su joven novia, entonces será mejor que salga de aquí ahora mismo.

Blake sonrió de un modo que la estremeció, y deseó pegarle una bofetada. Apretó los puños. Estaba molesta consigo misma por permitir que viera lo humillada que se sentía.

–Tienes una oportunidad para devolvérsela –dijo Blake–. Finge ser mi prometida durante el próximo mes y yo me haré cargo de las deudas que tienes.

–¿Fingir... qué?

Blake agarró los papeles que había sobre la mesa y se dispuso a leer las cantidades adeudadas. Cuando llegó a la más elevada silbó entre dientes. Luego volvió a mirarla con aquellos ojos azul grisáceo.

–Pagaré tus deudas, y lo único que tienes que hacer a cambio es decirle a tu viejo amigo Jim Pendleton que estamos prometidos.

Tillie abrió tanto los ojos que creyó que se le iban a salir de las órbitas.

–¿Se ha vuelto usted loco? ¡Si ni siquiera le conozco!

Blake se inclinó de forma exagerada.

–Blake Richard Alexander McClelland, a tu servicio. Mi misión es recuperar la mansión McClelland Park, el hogar de mis ancestros desde mediados del siglo XVII.

Tillie frunció el ceño.

–Pero, ¿por qué no le hace una oferta al señor Pendleton? Lleva hablando de venderla desde que sufrió un ataque hace dos meses.

–No quiere vendérmela.

–¿Por qué no?

Los ojos de Blake seguían clavados en los suyos, pero ahora desprendían un brillo malicioso.

–Al parecer le molesta mi reputación de playboy.

Tillie era consciente de que Blake McClelland seguramente habría roto algunos corazones. Ahora caía en la cuenta de por qué le había resultado familiar cuando entró en la pastelería la primera vez. Recordó haber leído algo recientemente sobre una fiesta salvaje en Las Vegas relacionada con tres bailarinas de cabaret. Blake tenía un estilo de vida que sin duda chocaba con alguien tan conservador como Jim Pendleton, cuya única falta en sus ochenta y cinco años de vida eran un par de multas de aparcamiento.

–Pero el señor Pendleton nunca creería que somos pareja. No podemos ser más distintos.

Blake sonrió con picardía.

–Ese es justo el punto. Eres exactamente la clase de chica de la que Jim querría que me enamorara para sentar la cabeza.

Como si eso pudiera ocurrir.

Tillie sabía que no era tan fea como para romper

los espejos, pero tampoco le pedirían nunca que fuera modelo de ropa de baño en una pasarela. Tenía un aspecto normal y corriente, con cero posibilidades de atraer a alguien tan impresionantemente guapo como Blake McClelland. No sabía si sentirse insultada o agradecida. En aquel momento, la idea de pagar sus deudas le resultaba más tentadora que una bandeja entera de petisús de chocolate. Que dos bandejas. Y lo que era mejor todavía, le serviría para vengarse de su ex.

—Pero, ¿no sospechará algo el señor Pendleton si de pronto aparecemos como pareja? Aunque sea mayor y haya sufrido un ataque no es ningún estúpido.

—Ese hombre es un romántico —afirmó Blake—. Estuvo cincuenta y nueve años casado con su esposa hasta que ella murió. Se enamoró a los diez minutos de conocerla. Le encantará ver que sigues adelante después de lo de tu ex. Habló de ti sin parar, te llama su pequeño ángel de la guarda. Dijo que te ocupas de su casa y de su perro y que le vas a ver todos los días. Así fue como se me ocurrió el plan. Ya puedo ver los titulares: «chico malo domado por chica buena y sencilla». Todos ganamos

Tillie le dirigió una mirada capaz de agriar la leche.

—Odio tener que hacer mella en tu inmenso ego, pero mi respuesta es un «no» irreversible.

—No espero que te acuestes conmigo.

¿Y por qué no lo esperaba? ¿Tan desagradable la encontraba?

—Bien, porque no lo haría ni aunque me pagara esas deudas multiplicadas por cincuenta mil millones.

Algo en el brillo de sus ojos provocó un escalofrío en la parte inferior del vientre de Tillie. Tenía una sonrisa demoledora.

–Aunque si cambias de opinión estaría encantado de ponerme manos a la obra.

¿Manos a la obra? Tillie clavó los dedos en el respaldo de su silla con tanta fuerza que creyó que le iban a estallar los nudillos. Tenía ganas de darle una bofetada para borrarle aquella sonrisa de triunfador de la cara. Pero otra parte, una parte privada y secreta, le deseaba.

–No voy a cambiar de opinión.

Blake tomó un bolígrafo del escritorio, lo lanzó por los aires y lo agarró con la otra mano.

–Y cuando llegue el momento, te concederé el privilegio de dejarme.

–Muy amable por su parte.

–No estoy siendo generoso –afirmó él–. Es que no quiero salir corriendo del pueblo perseguido por un puñado de lugareños armados con bates de béisbol.

Tillie lamentó no tener ella misma un bate a mano para golpear a su propia determinación. Pero la posibilidad de que su ex supiera que podía ligarse a un hombre le resultaba difícil de resistir.

Y no a cualquier hombre. Un tipo rico, guapo y sexy. Solo sería durante un mes. Una parte de su mente le decía que sí y otra que no.

–Piénsalo durante la noche –sugirió Blake sin que le flaqueara la sonrisa–. Me gustaría dar una vuelta por la mansión en algún momento. Por los viejos tiempos.

–Tengo que preguntarle al señor Pendleton si le parece bien.

–De acuerdo –Blake sacó una tarjeta de visita de la cartera y se la tendió–. Ahí tienes la forma de contactar conmigo. Estoy alojado en una posada camino abajo.

Tillie tomó la tarjeta haciendo un gran esfuerzo por no rozarle los dedos. Aquellos dedos largos y bronceados. No podía dejar de pensar en cómo sentiría aquellos dedos sobre la piel... sobre el cuerpo. En los senos. Entre las piernas.

Se dio una bofetada imaginaria. ¿Por qué estaba pensando en cosas tan íntimas? La única persona que le había tocado entre las piernas era su ginecólogo.

—No habría pensado que las flores, la chimenea y la porcelana buena fueran de su gusto —dijo Tillie.

A Blake volvieron a brillarle los ojos.

—No tengo pensado quedarme ahí mucho tiempo.

¿Qué estaba insinuando? ¿Que se quedaría con ella? Tillie alzó la barbilla y trató de ignorar el modo en que la parte de atrás de sus rodillas reaccionaba sudando al brillo satírico de su mirada.

—Seguro que encontrará un alojamiento más acorde a sus... necesidades en la ciudad de al lado.

Cuanto menos pensara en sus «necesidades», mejor.

—Quizá, pero no voy a dejar este pueblo hasta que consiga lo que quiero.

Hubo algo en el modo en que apretó las mandíbulas que la llevó a pensar que tenía una determinación de acero y siempre conseguía lo que se proponía.

Tillie le mantuvo la mirada.

—¿No ha escuchado el viejo dicho: «no siempre puedes conseguir lo que quieres»?

Blake le miró a la boca, y luego a la curva de los senos situados detrás de su recatada camisa de algodón, entreteniéndose allí un nanosegundo antes de volver a mirarla a los ojos de un modo que provocó algo en el interior de su cuerpo. Era como si sus ojos se estuvieran comunicando a un nivel completamente distinto, instintivo y primario.

Nadie la había mirado nunca así.

Como si se estuviera preguntando cómo sería la sensación de su boca en la suya. Como si se preguntara qué aspecto tendría sin aquella ropa formal y remilgada. O cómo sabría su piel desnuda.

Ni siquiera Simon la había mirado nunca con aquellos ojos de «quiero tener sexo salvaje contigo ahora mismo». Tillie siempre lo había achacado al hecho de que estaba comprometido con el celibato, pero ahora se preguntaba si habrían tenido siquiera química. Sus besos y arrumacos resultaban en cierto modo... convencionales. A diferencia de ella, Simon había tenido sexo anteriormente cuando era adolescente, pero se sentía tan culpable que había prometido no volver a hacerlo hasta el matrimonio. A veces se frotaban uno contra el otro, pero nunca sin ropa. El único placer que Tillie había conocido durante los últimos ocho años había sido consigo misma.

Sin embargo, Blake McClelland no tenía nada de convencional. Era una tentación andante. Tillie no podía imaginarlo siendo célibe durante ocho minutos, y mucho menos durante ocho años. Lo que hacía todavía más ridículo que quisiera fingir que estaban prometidos.

¿Quién se lo iba a creer?

–Y para que lo sepas –dijo Blake con un tono tan profundo que la voz de barítono de Simon sonaba como la de un niño en comparación–. Siempre consigo lo que quiero.

Tillie contuvo un escalofrío involuntario al escuchar la determinación de su tono. Pero mantuvo una expresión fría.

–Voy a ser muy clara, señor McClelland. No soy la clase de chica dispuesta a convertirse en el entretenimiento de ningún hombre. Y de eso se trata, ¿no? Es usted un playboy aburrido en busca del próximo reto. Pensó que podía entrar aquí blandiendo su abultada cuenta bancaria y que yo caería de rodillas agradecida, ¿no es así?

Los ojos de Blake volvieron a emitir aquel brillo travieso.

—No en nuestra primera cita. Me gusta tener algo que esperar.

Tillie sintió cómo se sonrojaba hasta el cuero cabelludo. Apenas podía hablar debido a la rabia.

O tal vez no fuera rabia...

Tal vez lo que la atravesaba era una emoción más primitiva. Deseo. Una energía sexual pulsante que no dejaba ninguna parte sin tocar. Como si su sangre estuviera inyectada por aquella urgencia caliente y burbujeante. Le lanzó una mirada letal.

—Salga de mi tienda.

Blake dio un toquecito sobre la pila de facturas del escritorio.

—No seguirá siendo tu tienda durante mucho tiempo si no te ocupas de esto pronto. Llámame cuando cambies de opinión.

Tillie alzó las cejas.

—¿Cuando cambie de opinión? Será *sí* cambio de opinión.

Blake le mantuvo la mirada como si aquella fuera una lucha de voluntades de hierro. A Tillie se le aceleró el corazón.

—Sabes que quieres hacerlo.

Tillie ya no sabía si seguían hablando de dinero. Había algo subyacente en el aire que parecía muy peligroso. Un aire que no era capaz de aspirar completamente a través de los pulmones. Pero entonces

Blake agarró la tarjeta de visita que ella había dejado antes en el escritorio y se la deslizó en el bolsillo delantero de la camisa. En ningún momento la tocó, pero Tillie sintió como si le hubiera acariciado un seno con aquellos dedos largos e inteligentes.

–Llámame –dijo él.

–Tendrá usted que esperar mucho tiempo.

La sonrisa que esbozó él rebosaba confianza en sí mismo.

–¿Eso crees?

Aquel era el problema. Tillie no podía creer en nada. No podía pensar. No con él allí delante como una tentación. Siempre se había sentido orgullosa de su determinación, pero en aquel momento le parecía que se había esfumado por completo.

Debía un montón de dinero. Más dinero del que había ganado en un año. Mucho más. Tenía que pagar a su padre y a su madrastra el pequeño préstamo que le habían hecho, porque como misioneros que residían fuera, vivían de los regalos y los diezmos que recibían. El señor Pendleton se había ofrecido a ayudarla, pero a Tillie no le parecía bien recibir dinero de él cuando había sido tan generoso permitiéndole quedarse en McClelland Park sin pagar alquiler y usando la cocina para hornear cuando no tenía tiempo en la tienda. Además, iba a necesitar todo su dinero y más si no vendía la mansión, porque una casa georgiana de aquel tamaño necesitaba un mantenimiento que resultaba muy caro.

Pero aceptar dinero de Blake McClelland a cambio de fingir ser su prometida durante un mes era adentrarse en un territorio tan peligroso que la obligaría a ponerse una camisa de fuerza. Aunque Blake no esperara que se acostara con él, tendría que actuar como si fueran amantes. Tendría que tocarle, tomarle de la mano y permitir que la besara para guardar las apariencias.

–Buenos días, McClelland –dijo Tillie como si estuviera echando a un niño impertinente del despacho.

Blake estaba casi fuera de la oficina cuando se dio la vuelta en la puerta y la miró.

–Ah, otra cosa –metió la mano en el bolsillo del pantalón, sacó una cajita de terciopelo para anillos y la lanzó sobre la pila de facturas con enervante puntería–. Vas a necesitar esto.

Y sin esperar a que Tillie abriera la cajita, se dio la vuelta y se marchó.

Capítulo 2

JOANNE entró en el despacho antes de que Tillie tuviera tiempo de cerrar la boca del asombro.

—Oh, Dios mío. ¿Esto es lo que creo que es? –preguntó.

Tillie se quedó mirando la cajita como si fuera el detonador de una bomba.

—No voy a abrirla.

Aunque sentía el dedo tremendamente solo después de haber llevado durante tres años un anillo de compromiso. Tres años y otros cinco antes que llevarlo. Pero tenía la sensación de que el anillo de Blake no se parecería en nada al modesto y pequeño diamante que Simon había comprado. De hecho, no lo había comprado. Lo pagó ella con su tarjeta de crédito y se suponía que en algún momento se lo devolvería, pero nunca lo hizo. Otra prueba de que en realidad nunca la había amado. ¿Por qué no se había dado cuenta hasta ahora?

—Bueno, si tú no lo quieres dámelo a mí –afirmó Joanne–. Yo no tengo nada en contra de que los hombres guapos me compren joyería cara. ¿De qué quería hablar contigo?

—Si te lo cuento no te lo vas a creer.

—Inténtalo.

Tillie aspiró con fuerza el aire.

—Quiere pagarme todas las deudas a cambio de que finja durante un mes que soy su prometida.

—Tenías razón. No te creo.

–Es el hombre más arrogante que he conocido en mi vida –continuó Tillie–. Hace falta valor para entrar aquí y esperar que yo acceda a una farsa tan ridícula. Además, ¿quién se iba a creer que yo pudiera estar prometida a alguien como él?

Joanne arrugó los labios mientras pensaba.

–No sé... creo que eres un poco dura contigo misma. Sé que no vas muy a la moda, pero si te vistieras de forma más colorida y te maquillaras un poco estarías espectacular. Y tienes unos senos estupendos, pero nunca enseñas escote.

Tillie se dejó caer en la silla del escritorio.

–Ya, bueno. A Simon no le gustaba que las mujeres mostraran sus encantos.

–Simon nació en el siglo equivocado –aseguró Joanne poniendo los ojos en blanco–. Tengo que decir que estás mejor sin él. Nunca te llevó a bailar, por el amor de Dios. Te mereces a alguien mucho más dinámico que él. Es demasiado blando. Por el contrario, Blake McClelland es pura dinamita.

Tillie miró de reojo la cajita otra vez y apretó los puños para evitar agarrarla.

–Voy a llevarlo a la tienda de empeños de la señora Fisher.

Joanne no se habría quedado más sorprendida si le hubiera dicho que iba a tirarlo por el wáter.

–No hablas en serio, ¿verdad?

Tillie dejó el anillo donde estaba y se levantó del escritorio.

–Completamente en serio.

Blake condujo los escasos kilómetros que separaban el pueblo de la hacienda de su familia, situada en

Wiltshire. Había pasado por delante varias veces a lo largo de los años tras dejar flores en la tumba de su madre en el cementerio del pueblo, pero nunca había sido capaz de pararse a echar un buen vistazo a la hacienda. Mirar la casa que había pertenecido a su familia le había resultado siempre demasiado doloroso, como clavar un puñal en una herida que no estaba curada del todo.

El banco había vuelto a adjudicar la hacienda tras la bancarrota de su padre. Para él, que tenía entonces diez años, resultó devastador perder a su madre y luego ver cómo su padre se derrumbaba emocionalmente. Dejó de funcionar del todo, se limitaba a respirar, y aquello le resultó aterrador. La muerte de su madre debido a un aneurisma cerebral los destrozó a su padre y a él. Fue completamente inesperado. Un momento antes estaba riéndose y sonriendo y un instante después empezó a balbucear, se tambaleó y cayó al suelo. Diez días en el hospital con asistencia respiratoria hasta que los médicos les dieron la devastadora noticia de que ya no había ninguna esperanza.

La madre a la que Blake adoraba y que hacía su vida y la de su padre perfectas y felices había desaparecido. Para siempre.

Durante los largos años del lento descenso de su padre al abismo de la desesperación, Blake se había convertido en el progenitor. Su padre nunca volvió a casarse ni tuvo otra pareja. Ni siquiera salía con nadie.

Pero tras el último susto de salud de su padre, Blake estaba decidido a tomar decisiones: por mucho esfuerzo que costara, McClelland Park era la clave para la completa recuperación de su padre.

Lo sentía así en la sangre. En los huesos. En cada célula de su cuerpo.

Su padre se sentía tremendamente culpable y avergonzado por la pérdida de la propiedad que había ido pasando de generación en generación. Blake sospechaba que la incapacidad de su padre para seguir adelante con su vida estaba relacionada con la pérdida de la hacienda. Moriría lentamente si no la recuperaba.

Dependía de Blake recuperar McClelland Park, y eso era lo que haría. Recuperarla.

Sonrió al pensar en Tillie Toppington. Por muy segura de sí misma que se mostrara, él sabía que tenía el asunto bajo control. Era la mujer perfecta para el trabajo. El viejo Pendleton no dejaba de alabarla: lo amable y considerada que era, todo el trabajo solidario que hacía en la comunidad, cómo se ocupaba de todo el mundo... Blake lo había visto por sí mismo cada vez que entraba en la pastelería. Detalles para los niños y para los ancianos, entregas a domicilio para los enfermos. Tillie era tan buena persona que le sorprendía que no le hubieran salido alas de ángel.

Cuando Blake le presionaba con el tema de la boda, el anciano había dado a entender que se alegraba de que no hubiera salido adelante. Al parecer todo el pueblo estaba de acuerdo, aunque, según Maude Rosethorne, la dueña de la posada, nadie se atrevía a decírselo a Tillie a la cara.

Pero Blake estaba seguro de que Tillie diría que sí al fingido compromiso, e incluso también a acostarse con él. ¿Cuándo le había dicho una mujer que no? Tenía todo lo que la mayoría de las mujeres buscaba: riqueza, posición, un buen físico y habilidad en la cama. Además, le estaba dando la oportunidad de devolverle la pelota a su ex luciendo por ahí a un nuevo amante.

Y convertirse en el amante de Tillie Toppington era toda una tentación para Blake. Desde el momento en que la vio por primera vez se sintió intrigado. No era su tipo, pero estaba dispuesto a probar un cambio.

El modo en que se sonrojó la primera vez que habló con ella incentivaba su interés. Fingía que le caía mal, pero Blake sabía que estaba interesada. Todas las señales estaban ahí.

Sí, se le podía llamar presumido, pero ninguna mujer se había quejado nunca de no haber pasado un buen rato con él en la cama. Aunque tampoco les dejaba pasar mucho tiempo allí. Tenía la política de un mes como máximo. Después de eso las cosas se complicaban. Las mujeres empezaban a lanzar indirectas sobre anillos de compromiso o se detenían al pasar frente al escaparate de una joyería.

La hacienda apareció ante sus ojos y Blake sintió un nudo en el estómago. El camino flanqueado por abedules plateados que llevaba a la casa le trajo una oleada de recuerdos. La sirena de la ambulancia cuando llevaban a su madre al hospital. El camino de vuelta a casa con su padre la noche en que su madre murió. El asiento del copiloto vacío.

El horrible silencio.

El silencio que le había cavado un agujero en el pecho del que todavía no se había recuperado del todo. Si cerraba los ojos todavía podía escuchar el crujido de las ruedas del coche sobre la gravilla en aquel último trayecto veinticuatro años atrás, unido al sonido de los callados y estremecedores sollozos de su padre.

Blake frenó pero no giró hacia la entrada. Tras aquel

corto viaje por sus recuerdos, pisó el acelerador y siguió conduciendo.

Esperaría a saber de Tillie antes de volver a casa.

Tillie entró en su despacho para poner otra factura sobre el fajo. Había evitado entrar allí la mayor parte del día, decidida a resistir la tentación de echarle un vistazo al anillo. Y para evitar mirar el fajo de facturas que tenía en el escritorio. Se quedó mirando la cajita como si fuera una cucaracha en una tarta.

–Crees que te voy a abrir, ¿verdad? Llevas todo el día ahí esperando a que me diera un descanso.

Recibir dinero de la tienda de préstamos de la señora Fisher por el anillo de Blake le resultaba un poco delicado a la conciencia de Tillie. Se lo había dado, pero bajo ciertas condiciones. ¿Cuáles exactamente? Dijo que tenía que *fingir* que era su prometida. ¿Qué significaba eso? ¿Salir por ahí con él? ¿O incluía besarle? ¿Tocarle?

¿Que él la tocara?

Blake había dicho que no era obligatorio acostarse con ella, pero había visto cómo se le oscurecían los ojos cada vez que se clavaban en los suyos.

Tal vez debería hablar de las condiciones con él. Entrar en detalles antes de negarse en redondo. Las facturas no iban a desaparecer... de hecho se iban amontonando como una tarta de varias alturas.

Tillie tomó asiento y empezó a tamborilear el escritorio con los dedos.

–No sirve de nada que me mires así. Podrías ser el gemelo idéntico del diamante azul y seguiría sin mirarte.

Tras otro largo instante, apartó suavemente la cajita un milímetro de sí, como si estuviera limpiando una miga de pan. La caja era de rico terciopelo. Terciopelo de joyería de lujo.

Habían pasado horas desde que Blake le dio el anillo, pero no podía evitar pensar en que aquella cajita había estado en el bolsillo de sus pantalones, cerca de...

Tillie retiró la mano y la dejó sobre el regazo, mirando la cajita fijamente como si tuviera una víbora venenosa sobre la mesa.

—Crees que me tienes pillada, ¿verdad?

Joanne entró en el despacho.

—¿Con quién diablos hablas? —preguntó. Y luego miró el anillo y sonrió de oreja a oreja—. Ah.

—¿Qué quieres decir con «ah»? —Tillie torció el gesto.

A Joanne le brillaron los ojos.

—Lo quieres con todas tus fuerzas.

—No —Tillie se cruzó de brazos.

—¿No quieres ni echarle un rápido vistazo? —Tillie extendió la mano hacia la cajita.

—¡No la toques!

Joanne alzó las cejas y sonrió todavía más.

—Creí que ibas a llevársela a la señora Fisher.

—He cambiado de opinión. La señora Fisher es como el Facebook del pueblo.

Joanne se apoyó en la esquina del escritorio con los ojos clavados en la caja.

—Me pregunto si habrá pagado mucho por este anillo.

—Me da exactamente igual.

—Tal vez no sea un diamante de verdad —murmuró Joanne con tono despreocupado—. Hay algunas zirconitas que dan el pego totalmente.

–No creo que Blake McClelland sea la clase de hombre que le compra una zirconita a una chica en lugar de un diamante –afirmó Tillie.

–Es verdad –Joanne la miró a los ojos.

–¿No tienes trabajo? –le preguntó Tillie con tono autoritario levantando una ceja.

A Joanne no se le borró la sonrisa de la cara.

–Entonces será mejor que no lo mires. Tal vez quieras quedártelo –y dicho aquello se marchó.

Tillie acercó más la silla al escritorio y agarró la cajita. Le dio vueltas y vueltas como si fuera el cubo de Rubik. ¿Qué daño le haría echar un vistazo? Nadie lo sabría. Levantó con cautela la tapa y contuvo el aliento. Dentro había un impresionante anillo tallado a mano de la época del Gran Gatsby. No era ostentoso, sino que estaba finamente tallado y tenía una belleza delicada. En el centro había un diamante con dos más pequeños a cada lado y otro círculo de diamantes más pequeños rodeándolos.

Tillie había visto algunos anillos de compromiso a lo largo de su vida, pero ningún tan hermoso como aquel. Aunque no era nada práctico, por supuesto. No podía imaginarse amasando el pan con él puesto. Pero era precioso.

«No puedes quedártelo».

En aquel momento no tenía ganas de escuchar a su conciencia. Quería ponerse el anillo en el dedo, salir y pasearse por el pueblo para que todo el mundo lo viera.

«Toma esta, traidor. Para que veas la clase de hombre que puedo cazar».

Así nadie la miraría con compasión. Nadie murmuraría a sus espaldas cuando pasara por la calle.

Tillie sacó el anillo de la cajita de terciopelo y lo sostuvo en la palma de la mano.

«Vamos. Pruébatelo. A ver cómo te queda».

Aspirando con fuerza el aire, se lo deslizó en el dedo. Le quedaba un poco ceñido, pero mejor que el que Simon le había regalado. Siguió mirando la deslumbradora belleza del anillo y se preguntó cuánto valdría. Y si debería quitárselo en aquel mismo instante, antes de encariñarse con él. Nunca había llevado nada tan hermoso. Su madre no había sido muy de joyas, su padre y ella eran muy austeros con el dinero para poder ayudar a otros menos afortunados. Aquella ética social había impregnado a Tillie a pesar de que no recordaba a su madre, ya que murió horas después de que ella naciera.

Aunque Tillie había crecido en un hogar feliz, en gran parte gracias a su cariñosa madrastra, que era la antítesis de las madrastras malvadas de los cuentos, seguía teniendo el anhelo de pertenecer a alguien, de construir una vida con esa persona y formar su propia familia.

Romper con Simon después de tanto tiempo había hecho añicos su sueño de «y fueron felices para siempre». Se había quedado a la deriva como un bote sin remos y sin ancla. Tres meses después, todavía le resultaba extraño salir a cenar o ir al cine sola porque estaba decidida a aprender a hacerlo sin sentirse una perdedora.

Ahora formaba parte del club de los solteros.

Y llegaría a gustarle ser miembro aunque le fuera la vida en ello.

Estaba a punto de quitarse el anillo cuando sonó el teléfono. Contestó al ver en la pantalla que se trataba del hospital en el que estaba ingresado el señor Pendleton.

—¿Hola?

–Tillie, soy Claire Reed, una de las enfermeras –dijo una voz femenina–. Me temo que el señor Pendleton ha sufrido una caída esta mañana al salir del baño. Se encuentra bien, pero quiere verte. ¿Puedes venir cuando tengas un momento?

A Tillie se le formó un nudo en el estómago. El señor Pendleton ya estaba muy frágil, una nueva caída complicaría su recuperación todavía más.

–Oh, pobrecillo. Por supuesto, ahora mismo voy.

Colgó el teléfono y agarró el bolso y la chaqueta que estaba en el respaldo de la silla. Entonces se dio cuenta de que todavía tenía el anillo puesto. Trató de quitárselo pero no pasó del nudillo. El pánico se apoderó de ella.

¡Tenía que quitárselo como fuera!

Volvió a tirar y se hizo una rozadura en el nudillo. Pero cuanto más tiraba, más se le inflamaba el nudillo. Y le dolía.

Corrió al taller y metió la mano bajo el grifo de agua fría, enjabonando la articulación para ver si eso ayudaba. Pero no fue así. Al parecer al anillo le gustaba su nueva casa y se quería quedar.

Tillie se rindió. Se lo dejaría puesto y se lo quitaría más tarde, cuando le hubiera bajado la hinchazón.

Cuando llegó al hospital, el médico que estaba de guardia le contó que además de algunos cortes y magulladuras y un ojo morado, el señor Pendleton sufría de algunas lagunas de memoria y cierta confusión como resultado de la caída. Era posible que hubiera tenido otro mini ataque que habría provocado la pérdida de equilibrio. Le dijo a Tillie que no se preocupara si actuaba de modo irritable o gruñón y que le siguiera la corriente con lo que dijera para no estresarle demasiado.

Cuando Tillie entró en la habitación, el señor Pendleton estaba incorporado en la cama con un moretón rosado en la cara y el ojo morado. Le habían puesto una venda en la frente para cubrir el corte que se había hecho en la frente.

–Oh, señor Pendleton –Tillie corrió al lado de la cama y le tomó la mano delgada como el papel en la suya–. ¿Se encuentra usted bien? El médico dice que se ha caído. ¿Qué estaba haciendo? Parece que se haya peleado con un boxeador y un luchador de sumo.

El anciano la miró con el ceño fruncido en lugar de dedicarle su habitual sonrisa de bienvenida.

–No sé por qué te molestas en venir a visitar a un viejo como yo. Estoy al borde de la tumba. Si fuera un perro ya me habrían dormido hace mucho tiempo, como hicieron con el pobre Humphrey.

–He venido porque me preocupo por usted –afirmó ella–. Todo el mundo en el pueblo le quiere. Cuénteme qué ha pasado.

El anciano tiró del extremo de la manta ligera de algodón blanco como si le molestara.

–No recuerdo qué pasó. Estaba de pie y un minuto después estaba en el suelo... estoy bien, solo me duele un poco la cabeza.

–Bueno, eso es lo importante. Le habría traído a Trufa, pero no he pasado por casa. He venido directamente desde el trabajo.

Trufa era la perra del señor Pendleton, un cruce entre labrador y caniche color chocolate que no había superado la etapa de cachorra a pesar de tener ya dos años. Tillie le había ayudado a buscarle nombre cuando el anciano compró a la cachorra para que le hiciera compañía tras la eutanasia que hubo que hacerle a su viejo Golden retiever, Humphrey. Pero Trufa no se parecía en nada al pacífico Humphrey, que se sentaba frente a la chimenea y roncaba durante horas. Trufa se movía como un derviche envuelto en llamas y tenía tendencia a morder zapatos, bolsos y gafas de sol... todo ello de Tillie. Había hecho tantos agujeros en el jardín que parecía que estuvieran buscando petróleo.

Tillie llevaba a Trufa con frecuencia a ver al señor Pendleton, pero siempre la dejaba exhausta antes con un largo paseo.

La mirada del señor Pendleton se posó en las manos de Tillie, que estaban sosteniendo las suyas, y vio el anillo de diamantes brillando con más luz que un faro. Entornó los ojos.

–No me digas que ese tal... ¿Scott, se llamaba? ha vuelto arrastrándose...

A Tillie se le aceleró el corazón. ¿Por qué no se le habría ocurrido ponerse unos guantes? Aunque teniendo en cuenta que estaban en verano, podría haber parecido un poco extraño. Pero no más que llevar un anillo de compromiso que seguramente costaba una fortuna.

–Eh... ¿Simon? No... me lo ha dado... otra persona.

El señor Pendleton frunció todavía más el ceño y se inclinó hacia delante como un detective interrogando a un sospechoso.

–¿Quién?

–Eh...

–Habla alto, niña –dijo el hombre–. Ya sabes que soy un poco duro de oído. ¿Quién te ha regalado ese anillo? Parece bueno.

Tillie tragó saliva.

–Bla... Blake McClelland.

Las cejas del anciano se alzaron como si le hubiera recorrido una corriente eléctrica. Luego empezó a reírse.

A carcajadas. Se movía de atrás adelante con los ojos apretados y estuvo así durante un buen rato.

–Esto era justo lo que necesitaba para animarme –aseguró cuando por fin se calmó–. ¿Ha sido idea del médico? Siempre dicen que la risa es la mejor medicina. Me has hecho mucho bien, Tillie. ¿Tú prometida a Blake McClelland? Es lo más gracioso que he oído en años.

Tillie frunció los labios, molesta porque le pareciera tan divertido e imposible que alguien como Blake pudiera pedirle la mano. ¿Acaso no era lo suficientemente atractiva o brillante? Tal vez no tuviera una belleza clásica, pero hasta el momento ningún circo ambulante había intentado contratarla.

–No, esto no tiene nada que ver con el médico. Y no es una broma. Es la verdad. El anillo me lo dio Blake. Me pidió que...

–Es un poco pronto para el día de los inocentes –el señor Pendleton seguía riéndose–. Aunque tenga un poco mal la cabeza, sé que estamos en junio.

La vena obstinada que Tillie se había pasado años reprimiendo cuando estaba con Simon surgió con sed de venganza. Atrás quedaba la chica sumisa que siempre decía que sí a todo. Haría que el señor Pendleton se creyera que estaba prometida a Blake. Haría que todo el mundo lo creyera. Y cuando terminara, nadie pensaría que no estaba a la altura de conseguir a un hombre como él.

–Nos conocimos hace un par de semanas, cuando vino a la pastelería. Fue amor a primera vista. Por ambas partes. Sucedió al instante, como en las películas. Es el amor de mi vida. No me cabe la menor duda. Me pidió que me casara con él y le dije que sí.

El señor Pendleton dejó de reírse y empezó a fruncir el ceño.

–Mira, aunque tenga casi noventa años no soy nin-gún tonto en estos asuntos. Tú no eres la clase de chica que se enamora de hombres como él. Eres demasiado conservadora para que se te vaya la cabeza por un dia-blo así, por muy guapo que sea. Y él no es de los que se enamoran de alguien como tú.

El orgullo hizo que Tillie se quedara sentada tensa en la silla mientras su ego se iba llorar a una esquina. ¿Demasiado conservadora? Solo lo había sido durante todos aquellos años porque Simon insistió en ello. Sí, tal vez no saliera a robar coches o a quitarles el bolso a las ancianas, pero tampoco tenía pensado quedarse todas las noches de su vida viendo películas aptas para todos los públicos en compañía de cuarenta y siete gatos.

–¿Qué quiere decir con que Blake no se enamora-ría de alguien como yo? Está enamorado de mí y quiere casarse conmigo.

–Tillie... –el señor Pendleton le dio un golpecito cari-ñoso en la mano–. Eres una buena chica. Siempre haces lo correcto. En cambio, Blake McClelland es demasiado para que una chica chapada a la antigua como tú pueda manejarlo. Nunca podrías domarle. Y eres demasiado sensata para siquiera intentarlo.

Chapada a la antigua. Sensata. Le demostraría a todo el mundo lo equivocados que estaban, incluido el propio Blake McClelland.

–Tal vez ya le haya domado –dijo apartando la mano–. Tal vez esté cansado de ser un playboy y quiera sentar la cabeza y tener hijos. Por eso quiere comprar McClelland Park, porque...

–Quiere comprar McClelland Park porque es as-querosamente rico y cree que con abrir la cartera puede conseguir todo lo que quiera –la interrumpió el señor

Pendleton–. Es hora de que ese hombre aprenda una buena lección. Y tú, querida, no eres quien tiene que enseñársela. Mantente alejada de él. Ya te han roto el corazón una vez.

–Pero le amo –dijo Tillie cruzando los dedos mentalmente por todas las mentiras que estaban saliendo de su boca–. De verdad. Es mucho más interesante y excitante que Simon. Ahora no puedo creer que pensara que estaba enamorada de Simon. Blake es romántico y atento, no como él. Me hace sentir como nunca me había sentido. Y...

–¿Te has acostado con él? –el anciano le clavó la mirada como si fuera un láser.

Tillie abrió la boca y volvió a cerrarla. Las mejillas le ardían tanto que pensó que le iban a escaldar la cara.

–Eso es una pregunta bastante personal...

–¿Se ha mudado a vivir contigo?

–Eh... ¿si lo hiciera a usted le parecería bien?

«¡Diablos! ¿Qué estás haciendo?»

El señor Pendleton seguía mirándola como si fuera policía y ella una sospechosa.

–Él no es de los que se casan, y las buenas chicas como tú siempre quieren casarse. No digo que no sea encantador. Lo es. Todas las enfermeras de aquí se desmayan cada vez que viene. Solo te ha regalado ese anillo para acostarse contigo. En cuando lo haya hecho saldrá en busca de la siguiente conquista. Recuerda mis palabras.

La enfermera asomó la cabeza por la puerta.

–¿Va todo bien, señor Pendleton?

–Tillie cree estar enamorada de Blake McClelland –afirmó él con un resoplido–. Dice que están prometidos. Y luego dicen que soy yo el confundido.

La enfermera miró a Tillie con ojos de absoluto asombro.

–¿Blake McClelland y... *tú*?

El ego de Tillie ya había recibido suficientes golpes por un día.

–Sí. Me lo pidió ayer. Ha estado viniendo a la pastelería todos los días desde hace dos semanas y nos hemos lanzado. Sé que es un poco precipitado, pero cuando conoces al elegido lo sabes enseguida.

–Oh, Tillie, me alegro muchísimo por ti. Todo el mundo se alegrará al saber la noticia –dijo la enfermera–. ¿Cuándo es la boda?

–Eh... todavía no hemos puesto fecha, pero...

–Es maravilloso que hayas encontrado a alguien. De verdad. Todos estábamos muy preocupados por ti.

La enfermera acompañó a Tillie fuera de la habitación y cerró despacio la puerta.

–No hagas caso al señor Pendleton. Todavía está un poco confuso por la caída. Dentro de unos días se alegrará mucho. Déjame echar un vistazo a ese anillo. ¡Oh, Dios mío, es precioso! Mucho mejor que el que te dio ese cuyo nombre no queremos pronunciar.

–Sí. Soy muy feliz.

¿Quién iba a decir lo fácil que resultaba mentir?

–Tengo una teoría sobre los playboys –dijo la enfermera–. Al final son los mejores maridos. Se quitan del cuerpo todas esas ganas de picotear y luego sientan la cabeza.

Tillie estaba convencida de que Blake McClelland no albergaba ninguna intención de sentar la cabeza, y menos con alguien como ella. ¿Qué iba a hacer ahora? El señor Pendleton podría tener dudas sobre su compromiso, pero estaba claro que la enfermera no. Todo el pueblo lo sabría en cuestión de horas. Tillie estaba oficialmente prometida a Blake a pesar de haberla asegurado con insistencia que no lo haría. Casi podía ver su sonrisa irónica de «te lo dije».

Tillie salió del hospital y se metió en el coche. Seguía teniendo el anillo pegado al dedo como si una fuerza sobrenatural traviesa hubiera conspirado contra ella.

¿Cómo iba a enfrentarse ahora a Blake?

Blake regresó a la posada tras haber limpiado la tumba de su madre en el cementerio. No se alojaba en una posada desde que era niño, en alguna de las escasas ocasiones en las que su padre le llevaba de vacaciones. Pero aquella cabaña tenía una atmósfera amable, un encanto antiguo que hacía que su mente empresarial se llenara de ideas.

Pero no tuvo oportunidad de hablar de negocios cuando cruzó por la puerta de la cabaña, porque Maude Rosethorne estaba allí de pie con una sonrisa radiante en la cara.

–Enhorabuena, señor McClelland –le dijo–.Estamos todos encantados con la noticia de que Tillie y usted están prometidos. Es lo más romántico del mundo. En el pueblo no se habla de otra cosa. Ni siquiera sabíamos que se conocían, ¡y ahora se van a casar!

Blake contaba con que aquel anillo hiciera cambiar a Tillie de opinión. ¿Qué chica podría resistirse a una piedra así? Valía una pequeña fortuna, pero no le importaba. Ningún gasto era demasiado para su misión de recuperar la propiedad familiar.

–Gracias –dijo–. ¿Cómo es el dicho? «Cuando conoces a la elegida, lo sabes».

–Es una chica maravillosa... pero no hace falta que

yo se lo diga –afirmó la señora Rosethorne–. Todo el mundo quiere a Tillie. Nos quedamos muy preocupados cuando Simon la dejó. Supongo que ella se lo habrá contado. Fue terrible, dejarla de aquel modo delante de todos los invitados. Déjeme decirle que ya no es bienvenido por aquí. Nadie le rompe el corazón a Tillie sin que aquí en el pueblo digamos algo al respecto.

Blake se metió en su cuarto aliviado por haberle ofrecido a Tillie la posibilidad de poner fin a su relación cuando hubiera conseguido McClelland Park. No quería que su padre no se sintiera bienvenido cuando volviera a casa. Blake no tenía ningún interés en romperle el corazón a nadie. Tillie no se había molestado en ningún momento en disimular que no le gustaba... una experiencia nueva para él, porque normalmente se ganaba a las mujeres nada más conocerlas.

Le divertía el modo en que Lili reaccionaba ante él. Nada le gustaba más en el mundo que un reto, y la pequeña Tillie Toppington era todo un desafío. Era peleona, rápida y mordaz, y tenía un cuerpo tan delicioso como los pasteles y las tartas que mostraba en el escaparate de la pastelería. No era guapa en el sentido tradicional, sino que tenía el tipo de rasgos sutiles que le fascinaban. Durante años se había visto rodeado de mujeres despampanantes, y todas empezaban a parecerle iguales. Incluso en personalidad... o tal vez fuera culpa suya por salir siempre con el mismo tipo de chica.

Pero cuando Tillie alzaba la barbilla y le miraba con aquellos ojos color avellana no podía evitar pensar en lo diferente que era, refrescante y espontánea. Tenía una boca de labios tirando a gruesos con un adorable puente de Cupido. Durante las dos últimas semanas, Blake había fantaseado con besar aquellos labios de aspecto suave y maleable. Tal vez no le cayera bien a Tillie, pero él sabía reconocer una atracción física salvaje cuando la veía. Una química así podía convertir su «compromiso» en algo mucho más entretenido.

Blake sonrió para sus adentros con aire triunfal. El anillo había sido el anzuelo y ella lo había mordido, tal y como tenía planeado.

Tillie estaba dando un paseo con Trufa alrededor del lago situado frente a McClelland Park preguntándose todavía cómo diablos iba a enfrentarse a Blake. El teléfono había estado sonando sin parar desde que salió del hospital. Cuando volvió a la pastelería le contó a Joanne lo que había pasado, pero en lugar de preocuparse por ella, Joanne se mostró encantada, pronunciando frases del tipo «es el destino» y «estaba escrito que así fuera». Incluso se había atrevido a decir que Tillie estaba secretamente enamorada de Blake, pero que no quería reconocerlo, ni siquiera a sí misma.

¿Enamorada de Blake McClelland?

Eso sí que era una broma. Tillie se quedó tan sorprendida con la reacción de su ayudante que apagó el teléfono para no tener que enfrentarse a la lluvia de felicitaciones de todo el mundo.

Excepto del señor Pendleton.

¿Cuánto tiempo tardaría Blake en enterarse de que la noticia había corrido por el pueblo? ¿Debería llamarle o ponerle un mensaje? Tenía su tarjeta por alguna parte... ¿o la había tirado?

Trufa levantó las orejas de pronto y miró hacia las puertas de entrada de hierro. Un coche deportivo estaba entrando. Atravesó la avenida de abedules como una pantera negra, poniéndole a Tillie los pelos de punta.

El coche de Blake era exactamente como él. Potente. Poderoso. Sexy.

Trufa decidió que el coche era una presa perfecta y salió disparada como un cohete hacia él. Tillie trató de agarrarla por el collar pero se le escapó y cayó de rodillas sobre la dura grava. Se puso de pie tambaleándose y se miró las rozaduras ensangrentadas de las rodillas. ¿Por qué no se había puesto vaqueros en lugar de falda? Se quitó un par de piedrecitas, sacó un pañuelo de papel del sujetador y se limpió suavemente la sangre.

Tillie fue cojeando hacia Blake, que estaba al lado del coche. Trufa estaba sentada a su lado como si fuera la alumna perfecta de una escuela de adiestramiento. Blake miró las rodillas de Tillie y frunció el ceño.

–¿Estás bien?

–No... por tu culpa –dijo Tillie–. Podrías haberme llamado o haberme mandado un mensaje para decirme que venías. Trufa tiene un problema con los coches. Si hubiera sabido que te ibas a presentar le habría puesto la correa.

–Vamos dentro para limpiarte esas heridas. Tienen aspecto de doler –Blake le ofreció el brazo, pero ella le esquivó.

–Creo que ya me has ayudado suficiente por un día –afirmó–. ¿Te das cuenta de que en el pueblo no se habla de otra cosa más que la noticia de nuestro compromiso? He tenido que apagar el móvil porque no paraba de sonar con mensajes y llamadas de felicitación.

La expresión de Blake pasó de preocupada a confundida. Luego dirigió la mirada al anillo.

–Pero creí que habías aceptado mi proposición y...

–¿Aceptar? –resopló Tillie–. ¡En absoluto! Me puse el anillo en el dedo para ver cómo quedaba y se me atoró en el dedo. Luego fui a ver al señor Pendleton porque me llamaron del hospital para decirme que se había caído y cuando vio el anillo y le dije que tú me lo habías dado se rio.

–¿Se rio?

Tillie apretó los dientes con tanta fuerza que podría haber roto una nuez con ellos.

–Sí. Se rio. Al parecer soy demasiado chapada a la antigua y sensata para alguien como tú y no tengo ni la más mínima oportunidad de domarte. Pero aunque el señor Pendleton no se lo creyó, la enfermera pensó que era la mejor noticia que había oído en su vida y le ha contado al todo el mundo que estamos prometidos, así que todo el pueblo aplaude que la pobre y abandonada Tillie Toppington haya conseguido un nuevo hombre. Te juro que estoy tan furiosa que podría gritar hasta romperme las cuerdas vocales.

Blake esbozó una sonrisa de medio lado.

–Entonces, ¿por qué le dijiste al viejo que fui yo quien te dio el anillo?

Tillie puso los ojos en blanco.

–Porque el médico me dijo que el señor Pendleton estaba con el ánimo bajo e irritable tras golpearse la cabeza y me pidió que no le estresara demasiado. Vio el anillo y me preguntó si me ex había vuelto arrastrándose. Le dije que me lo había regalado otra persona pero insistió en que le dijera de quién se trataba.

–¿Cómo le explicaste nuestra relación?

Tillie se aclaró la garganta.

–Le dije que entraste en pastelería y te enamoraste de mí a primera vista.

Blake se rio suavemente.

–Querrás decir amor a primer bocado... probé tus petisús de chocolate y quedé atrapado.

A Tillie le molestaba que se lo tomara a risa. Que se la tomara a risa a ella. Le puso un dedo en el pecho.

–Toda esta farsa del compromiso es culpa tuya.

Blake le atrapó el dedo como si le preocupara que le fuera a hacer un agujero en el pecho.

–¿Dijo si me iba a vender la mansión? –preguntó.

–¿Eso es lo único que te importa –Tillie apuntó ahora hacia su propio pecho–. Estamos hablando de *mi* vida. De *mi* reputación. ¿Qué va a pensar todo el mundo?

–Van a pensar que has conseguido un prometido guapo y rico después de que ese imbécil te dejara.

–Sí, bueno, al menos hubo algo que no consiguió –dijo ella antes de pensar en morderse la lengua.

Un destello de preocupación cruzó las facciones de Blake.

–¿Qué quieres decir?

–Da igual –Tillie se giró para mirar a Trufa, que ahora estaba tumbada a los pies de Blake como una esclava devota esperando la siguiente orden.

–Traidora –le dijo a la perra–. Sabía que el señor Pendleton tendría que haber escogido un galgo.

Trufa la miró con ojos tiernos y Blake se rio.

–Qué perra más mona –luego miró a Tillie–. ¿No vas a invitar a tu prometido a entrar a tomar algo?

–No.

Blake le dirigió una mirada parecida a la Trufa.

–Vamos, Tillie. Tenemos que crear una historia, en caso contrario Jim Pendleton no será el único que no se trague que estamos prometidos.

Ella le lanzó una mirada perforadora.

–No quiero que la gente se lo trague. Lo que quiero es acabar con esta ridícula situación.

–No se va a acabar hasta que yo recupere esta propiedad –afirmó él–. Y por cierto, la gente se va a preguntar por qué no vivo aquí contigo en lugar de en la posada. Además, tenemos que convencer al viejo para que me venda la propiedad ahora que estamos prometidos.

–Yo no esto prometida a ti –Tillie escupió las palabras como si fueran las pepitas de un limón–. Además, seguramente no sea legal que un anciano con problemas de memoria firme ningún documento oficial.

Otra sombra de preocupación cruzó por el rostro de Blake.

–¿Tiene demencia senil?

–No, solo está un poco confuso tras la caída –dijo ella–. Pero creo que no estaría bien aprovecharse de eso.

–No, por supuesto que no –Blake volvió a esbozar una sonrisa–. Tendré que ser paciente, ¿verdad?

A Tillie no le parecía un hombre paciente. Y menos después de haberse «declarado» a las pocas semanas de conocerla. Pero no pudo evitar fijarse en que no paraba de mirar hacia la casa en la que había pasado los primeros diez años de su vida. La mansión georgiana de diez habitaciones estaba situada en medio de un bosque y tenía un lago delante. Había jardines muy cuidados y otros salvajes y un invernadero que aprovechaba al máximo el sol de la mañana.

Tillie se había mudado a vivir allí cuando el señor Pendleton sufrió un ataque dos meses atrás para cuidar de Trufa y ahora odiaba la idea de tener que dejar la casa en algún momento. Entendía muy bien el apego de Blake a aquel lugar. Si tuviera que describir la casa de sus sueños, no sería muy distinta. ¿Era malvado por su parte evitar que Blake se alojara allí en vez de en la posada?

Ella nunca había tenido un lugar al que llamar hogar porque el trabajo de su padre como vicario exigía que viviera en las vicarías pertenecientes a la parroquia. Había vivido siete años en la cabaña de caza de la propiedad de los padres de Simon porque cuando a su padre lo trasladaron ya no podía quedarse en la vicaría y quería terminar su último año de bachillerato antes de ir a la escuela de cáterin. Pero suponía que para alguien cuya familia había vivido en un lugar como McClelland Park generación tras generación, el apego emocional sería mucho mayor.

Blake dejó de mirar la casa y volvió a clavar la vista en las gotitas de sangre que le resbalaban por las pantorrillas.

—Deberías ponerte antiséptico en esas rozaduras.

A Tillie se le habían olvidado las rodillas. Le resultaba difícil concentrarse en nada que no fueran sus ojos gris azulado y la forma de su boca cuando Blake hablaba. No podía dejar de pensar en cómo sería sentir aquella boca presionada sobre la suya, si sería suave, dura o algo intermedio.

—Sí, bueno, entonces... eh... ¿quieres entrar y echar un vistazo mientras estás ahí? —la invitación le salió antes de que pudiera contenerse.

Una chispa pícara brilló en los ojos de Blake.

—¿Estás segura de que al viejo no le importará que una chica chapada a la antigua y sensata como tú invite a entrar a un tipo al que ha conocido hace solo dos semanas?

Tillie alzó la mano izquierda con expresión sarcástica.

–¿Por qué iba a importarle? Estamos prometidos, ¿recuerdas?

Blake sonrió de oreja a oreja.

–¿Cómo iba a olvidarlo?

Capítulo 3

BLAKE cruzó el umbral del hogar de su familia y se sintió atrapado por una oleada de recuerdos. Durante un instante, un breve instante, le costó trabajo mantener el tipo. Sintió un dolor que le nació en el pecho y se le extendió por todos los rincones del cuerpo. Un dolor que le hizo contener la respiración durante unos segundos. Cada habitación de aquella casa encerraba recuerdos, cada ventana, cada muro, cada tablón del suelo. Allí había pasado los años más felices de su vida con las dos personas que más quería en el mundo. La casa representaba para él aquella época lejana de seguridad y amor.

Los colores y los muebles habían cambiado a lo largo de los años, por supuesto, pero la estructura general seguía siendo la misma. Las ventanas con parteluz, los pulidos suelos de madera que crujían de vez en cuando al pisarlos, la escalera que llevaba a las plantas superiores, la barandilla por la que se había deslizado tantas veces. Casi podía escuchar la voz alegre y dulce de su madre al entrar por la puerta. Escuchar el sonido de sus tacones sobre el suelo y aspirar su aroma a flores, al delicado peso de sus brazos cuando lo abrazaba fuerte.

–Te dejo para que te des una vuelta por aquí –dijo Tillie–. Yo voy a limpiarme las rodillas.

Blake salió de su ensoñación.

–Déjame ayudarte. Además, la caída ha sido culpa mía.

–Soy capaz de ponerme mi propia gasa –su voz tenía un tono de frío desdén que a Blake le resultaba gracioso. Muchas cosas en ella le resultaban graciosas. Y también refrescantes y tentadoras.

–Insisto.

Tillie exhaló un suspiro de rendición y se giró en dirección al baño más cercano. Blake no podía apartar los ojos de su coqueto trasero, el modo en que la falda se le agitaba de un lado al otro mientras caminaba.

Se preguntó si podría convencerla para que le dejara quedarse allí. Estaba a gusto en la posada, aunque los tobillos y los pies se le salieran del colchón. Cada vez que cruzaba la puerta estaba a punto de darse con la cabeza y los copiosos desayunos de la señora Rosethorne estaban haciendo todo lo posible por echar por tierra el trabajo que hacía con su entrenador personal.

¿Qué problema tenía Tillie? Era una casa grande. Había suficientes habitaciones para evitar cualquier contacto entre ellos y prefería no interactuar con él. Aunque el tipo de interacción que Blake tenía en mente requería un contacto cercano. Un contacto de piel con piel.

Blake la siguió al baño y se puso de cuclillas frente a ella.

–¿Qué estás haciendo? –preguntó Tillie abriendo los ojos de par en par.

Él le puso suavemente la mano en la pierna, justo por encima de la rodilla.

–Inspeccionar las heridas.

–Quítame las manos de encima –la voz de Tillie tenía un tono de institutriz ultrajada.

Blake alzó la vista y la miró.

–Tienes un trozo de gravilla en la herida. Dame unas pinzas y te la quitaré.

Ella vaciló. Luego dejó escapar otro suspiro y rebuscó en el armarito que había al lado del lavabo para sacar un par de pinzas, antiséptico y unas gasas de algodón.

–Adelante –dijo sentándose en el váter–. Nunca fui de las que jugaban a médicos y enfermeras.

Blake sonrió y se puso manos a la obra.

–¿Te estoy haciendo daño?

–Un poco.

–Lo siento.

En cuestión de segundos las rozaduras estaban limpias y cubiertas de gasas. Entonces Blake se puso de pie. Ella se levantó del váter con las mejillas sonrosadas.

A Blake le encantaba ver a una mujer que todavía podía sonrojarse.

–Gracias –dijo Tillie esquivando su mirada.

–Ha sido un placer –Blake le puso la mano en la barbilla para obligarla a mirarle–. Por cierto, tienes unas piernas estupendas.

El color de sus mejillas aumentó tres tonos y sus ojos brillaron como el caramelo caliente. Bajó la mirada hacia la boca de Blake y se humedeció los labios con la punta de la lengua. Blake le deslizó la mano por el contorno del rostro y abrió los dedos bajo su melena castaña y esponjosa que olía a flores silvestres. La sintió estremecerse como si su contacto le hubiera provocado un escalofrío involuntario en su cuerpo. Estaba tan cerca que podía sentir sus caderas rozando las suyas, despertándole la sangre. ¿Podía sentir Tillie lo que estaba provocando en él? La miró a los ojos y se dio cuenta de que sí.

Ella le puso las manos en el pecho y apretó sus exquisitos senos contra él hasta que Blake no tuvo más remedio que poner la cara en el escote escondido tras su abotonada blusa de algodón. Quería besarla. Con toda su alma. Pero quería que fuera idea de ella y que no pudiera acusarle de haberle tendido una trampa.

Blake le puso las manos en los antebrazos y la apartó suavemente de sí.

–Esto es lo que creemos que podemos decirle a la gente. Que nos conocimos hace un tiempo y que hace poco nos enamoramos locamente.

Ella le miró con recelo.

–¿Y dónde nos conocimos?

–Donde se conoce todo el mundo en esta época... por Internet.

–Yo no conozco a la gente así –protestó Tillie–. Prefiero la antigua usanza, ver a la persona en carne y hueso primero.

Blake empezó a desabrocharse los botones superiores de la camisa.

Ella abrió los ojos de par en par.

–¿Qué estás haciendo?

–Dejando que me conozcas en carne y hueso.

Tillie se dio la vuelta y salió a toda prisa del cuarto de baño.

–Eres increíble. Te crees completamente irresistible, ¿verdad? –volvió a girarse y le miró echando chispas por los ojos–. Bueno, ¿pues sabes qué, Blake McClelland? Esta muesca no podrás marcarla en el cabecero de tu cama –señaló hacia la puerta con el dedo–. Y ahora vete de aquí antes de que te lance al perro.

Blake miró a Trufa, que estaba tumbada en el suelo masticando una zapatilla vieja. La perra dejó de morder y agitó la cola contra el suelo.

–Mira, me parece bien que no nos acostemos juntos mientras estemos prometidos –le dijo a Tillie–. No forma parte obligatoria del acuerdo. Pero sigo pensando que debería quedarme aquí por el bien de las apariencias.

Se hizo un pequeño silencio.

–¿Y por qué no es obligatorio? –preguntó Tillie. Volvía a tener las mejillas rojas–. ¿No te... gusto?

Le gustaba demasiado. No podía recordar cuándo fue la última vez que se sintió tan excitado por una mujer. Tal vez se debiera a que se le estaba resistiendo. Tener una cita se había vuelto demasiado fácil a lo largo de los años. No necesitaba mucho esfuerzo para llevarse a una mujer a la cama. ¿Sería aquella la razón por la que últimamente le aburría tanto el tema? El combinado cena-copa-cama se había vuelto demasiado predecible. El aroma de un nuevo reto hacía que se le acelerara el pulso. O tal vez no se tratara del reto, sino del hecho de que fuera Tillie.

–Vuelve aquí y te lo demuestro –le dijo.

Ella apretó los labios hasta que se le pusieron blancos.

–Te estás riendo de mí. Y lo sabes –se dio la vuelta y se abrazó al vientre–. Vete, por favor.

Blake se le acercó y se quedó detrás de ella con las manos sobre sus hombros. Tillie se estremeció, como si estuviera dividida entre querer que la acariciara y querer salir corriendo.

–Eh –murmuró él.

Tillie salió de sus brazos y le lanzó una mirada que podría haber quemado los muros de la mansión.

–Quiero salir de este compromiso antes de convertirme en el hazmerreír de todo el mundo. Una vez más.

–Sería peor declararte en bancarrota.

Una sombra de incertidumbre cruzó por el rostro de Tillie y se mordió el labio inferior. Pero entonces una chispa desafiante surgió en sus ojos.

–Venderé tu anillo y así pagaré mis deudas.

–Podrías hacerlo –reconoció él con una sonrisa indolente–. Pero primero tendrás que quitártelo del dedo.

La furia de Tillie era tan palpable que podía sentirla en el aire. Los ojos le echaban fuego, tenía los puños apretados y el cuerpo le vibraba. Dejó escapar el aire entre los dientes.

–Al parecer no me queda más remedio que seguir adelante con esto. Ya hay demasiada gente que cree que estamos prometidos y quedaría como una idiota si me echo para atrás después de lo que he dicho. Si pagas mis deudas accederé a esta estúpida farsa, pero primero tenemos que dejar claras unas cuantas reglas.

Blake se preguntó qué la habría llevado finalmente a decidirse. ¿Era solo el dinero que debía? Sin duda se trataba de una cantidad que le quitaría el sueño a la mayoría de la gente. ¿Se trataría también de no quedar mal delante del pueblo? ¿O debido al afecto que sentía por el anciano señor Pendleton no quería disgustarle diciéndole que le había mentido? ¿Tenía pensado resistirse a Blake para dejar clara su postura? ¿A quién quería dejárselo claro? ¿A él o a sí misma?

–Escanea las facturas y mándamelas. Esta misma noche las pagaré. Y en cuanto a las reglas –continuó–, la única que pongo es que cuando estemos en público te comportes como una mujer enamorada.

Los ojos de Tillie echaron otra ronda de chispas.

–¿Y cuando estemos solos?

–Eso dejo que lo decidas tú.

Ella alzó la barbilla.

—Ya lo he decidido. No me acostaría contigo ni aunque me pagaras.

—No tengo por costumbre pagar para mantener relaciones sexuales —aseguró Blake.

Tillie empezó a mordisquearse el labio inferior. Daba la impresión de que pensar en el dinero que debía era suficiente para envolverla en una espiral de pánico tan terrible que sería capaz de invitar a un asesino a vivir con ella con tal de que pagara su deuda.

—Puedes mudarte mañana, necesito tiempo para preparar la habitación —le dijo volviendo a mirarle—. Pero tienes que saber que no soy la clase de chica que se va a vivir con alguien que acaba de conocer.

—¿No vivías con tu ex?

—En realidad no...

Blake frunció el ceño.

—¿Eso qué quiere decir?

—Alquilé una cabaña en la finca de los padres de Simon, pero él no la compartía conmigo —se explicó Tillie—. Sus padres eran un poco chapados a la antigua en ese sentido.

¿Por qué no se la dejaron gratis? Según se decía en el pueblo, los padres de Simon no eran tan ricos como Blake, pero tampoco estaban pidiendo limosna en las calles.

—¿Te la *alquilaron*? —insistió él.

—Sí —Tillie apretó las mandíbulas como si el recuerdo la molestara—. Y no me devolvieron la fianza cuando me marché. Su madre dijo que le había arañado su preciosa mesita auxiliar de nogal, pero no era cierto. Aunque ojalá lo hubiera hecho. Me habría gustado agarrar un hacha y destrozar la maldita cabaña.

Blake contuvo una sonrisa. Tillie parecía un ángel

dulce, pero si se rascaba un poco aparecía una mujer peleona y apasionada.

–Parece que tuviste suerte al escapar. Mañana cuando me haya mudado te llevaré a cenar. Será una forma de hacer saber a la gente del pueblo que esto va en serio.

Tillie entornó los ojos.

–Solo cenar, ¿no?

–Solo cenar.

Cuando Blake se marchó, Tillie volvió a entrar en el salón y soltó unas cuantas palabrotas que habrían llevado a su padre a persignarse si la hubiera oído.

Blake McClelland era el hombre más exasperante que había conocido en su vida... exasperante y demasiado encantador y atractivo. Había estado a punto de cometer una tontería actuando como una colegiala, mirándole los labios como suplicándole que la besara.

Trufa entró en el salón y saltó al sofá para mirar por la ventana como si estuviera buscando a Blake. Empezó a gemir.

–Oh, por el amor de Dios –le dijo Tillie a la perra–. ¿Por qué tuviste que ponerte tan tonta con él? Se supone que estás de mi lado.

Trufa suspiró y se dejó caer en el sofá, apoyando el morro en las patas y gimiendo más calladamente.

Tillie la miró con recelo.

–Tal vez creas que Blake es lo mejor que has conocido, pero yo sé qué busca. Cree que puede tenerme como tiene a todas sus amantes. Pues bien, se va a llevar una gran sorpresa porque puede chascar los dedos todo lo que quiera. A diferencia de ti, yo sí puedo resistirme a él.

Tenía la fuerza de voluntad. La disciplina. El auto-control.

Blake pensaba que podía jugar con ella para llenar el tiempo hasta que se hubiera asegurado la propiedad. Ella iba a destruir aquella exacerbada confianza en sí mismo. Podía llevarla a cenar mil veces. Podía mudarse a vivir con ella. Pero no se acostaría con él.

Aunque le haría creer a todo el mundo que así era.

Tillie estaba decidida a demostrarle al pueblo entero que tenía la capacidad de atraer a un hombre así. Incluso el señor Pendleton se quedaría convencido cuando ejecutara su plan. Nadie la llamaría chapada a la antigua ni excesivamente conservadora cuando la vieran por ahí con Blake McClelland.

Seguiría odiándole a puerta cerrada. Le odiaría y le despreciaría. Era una lástima la atracción que sentía hacia él, pero podría superarlo. Blake podía pagar sus deudas y no sentiría el menor remordimiento por permitírselo. Si quería que actuara en público como una mujer enamorada, entonces lo haría.

Tillie se giró hacia la perra y le sonrió.

—Voy a ser tan intensa y tan sumamente dulce que no sabrá qué hacer.

Blake visitó al día siguiente al señor Pendleton y le llevó de regalo un libro y una botella de whisky. El anciano entornó los ojos cuando le vio entrar.

—Me preguntaba cuándo volverías a aparecer. ¿Qué es eso que me han contado de que le has dado a Tillie un anillo de compromiso? ¿Crees que soy tan estúpido como para no ver lo que estás haciendo?

Blake se sentó en la silla al lado de la cama y cruzó el tobillo sobre la otra pierna.

–Y yo que creía que era usted un romántico. ¿No me contó que se enamoró de su mujer a los pocos minutos de conocerla?

Las facciones del señor Pendleton se suavizaron una fracción de segundo con la mención de su mujer.

–Sí, bueno. Ya no hay mujeres como mi Velma estos días... aunque Tillie se le acerca –su expresión volvió a endurecerse al clavar la vista en Blake–. Es una buena chica. Demasiado buena para alguien como tú.

Blake no pudo evitar sentir una punzada de irritación. Sí, se había ganado una reputación como playboy, pero ni robaba bancos ni engañaba a las ancianas.

–Sin duda eso debe juzgarlo Tillie, no usted ni nadie del pueblo.

El anciano sacudió la cabeza.

–El caso es que no creo que Tillie sepa lo que quiere. Ahorró durante años para esa boda. Ya solo el vestido le costó una fortuna, y estoy convencido de que eligió ese modelo solo porque la madre de Simon la presionó. Yo le ofrecí dinero para ayudarla a pagar sus deudas, pero no quiso aceptarlo.

–Me lo contó –dijo Blake–. Usted ya no tiene que preocuparse de eso.

La mirada del señor Pendleton seguía siendo cínica.

–¿Te has mudado ya a vivir con ella?

–Esta noche. Por cierto, gracias por permitirlo.

–Debes ser más encantador de lo que yo creía. ¿Ya tenéis fecha de boda?

–Todavía nos estamos acostumbrando a estar en pareja –aseguró Blake–. No quiero meterle prisa después de lo de su última relación.

El señor Pendleton resopló.

–¿A eso le llamas una relación? Ese chico ni si-

quiera se acostó con ella. Es tan pura como una monja
–le dirigió a Blake otra mirada inquisidora–. Apuesto
a que un hombre como tú no se conformaría con un
beso en la mejilla y con hacer manitas. Por eso supe
que él no le convenía. Sé que es un hombre de fe y
todo eso, pero la química es la química. Una pareja la
tiene o no la tiene.

Blake estaba haciendo todo lo posible por disimular su disgusto.

¿Tillie era virgen?

¿Cómo había conseguido llegar a los veintipico sin
tener sexo? La señora Rosethorne le había contado
que había estado prometida durante tres años, y que
salía con su novio desde los dieciséis. ¿Por qué no
le había presionado un poco él? Incluso los hombres
de fe tenían hormonas. ¿Sería aquella la razón por la
que reaccionaba así ante Blake? ¿Con aquella ansia
en los ojos, como si alguien le estuviera ofreciendo
algo que se había negado durante mucho tiempo?

Un momento.

Blake deseó que su conciencia no hubiera hecho
acto de presencia. ¿Cómo iba a tener una aventura con
ella si era virgen? Él no estaba con vírgenes. Las vírgenes eran princesas de mejillas rosadas que esperaban la llegada de un príncipe azul montado en un
caballo blanco. Las vírgenes querían todo el paquete:
boda, hijos y una casa con valla blanca. Y él no estaba
dispuesto a firmar por nada de todo aquello.

El señor Pendleton le miró con ojos inquisitivos.

–¿Va todo bien? ¿Quieres que llame a la enfermera? Estás un poco pálido.

Blake forzó una sonrisa y se puso de pie.

–Tengo que irme. Llámeme si cambia de opinión
respecto a la casa.

El señor Pendleton resopló.

–Puede que Tillie haya caído en tus encantos, pero yo no soy un pelele. Venderé cuando esté preparado, y no un minuto antes.

Blake se quedó un instante a los pies de la cama del anciano.

–¿Puede al menos darme su palabra de que no se la venderá a nadie más?

El hombre la mantuvo la mirada sin pestañear.

–¿Puedes tú darme tu palabra de que no le romperás el corazón a Tillie?

Blake contuvo un escalofrío ante la mirada penetrante del otro hombre.

–Nunca se sabe... tal vez sea ella la que rompa el mío.

El señor Pendleton sonrió.

–Eso espero.

Capítulo 4

TILLIE estaba aquella tarde en la tienda sirviendo a una de sus clientas cuando Blake apareció. Hasta el momento había sobrevivido a las preguntas de la señora Jeffries respecto a cómo había conocido a Blake y cómo se le había declarado. Ella lo había embellecido, por supuesto.

Le pasó a la señora Jeffries los bizcochos de jengibre.

–Ah, aquí está –Tillie le dirigió a Blake una sonrisa radiante y le saludó con la mano–. Hola, corazón. Le estaba contando a la señora Jeffries la forma tan romántica en que te declaraste. Que hincaste una rodilla y me suplicaste que te dijera que sí. Y que lloraste un poco. Bueno, no solo un poco –volvió a mirar a la señora Jeffries–. Lloraba como una magdalena. Nunca había visto a un hombre tan conmovido. ¿Verdad que es una dulzura?

La señora Jeffries emitió unos cuantos sonidos de admiración.

–Todo el mundo se alegra mucho por ti, Tillie.

Blake era un gran actor, porque simplemente sonrió. Tillie sabía que no iba a dejarla seguir con la historia mucho tiempo más, pero en cierto modo aquello formaba parte de la emoción. Quería pelearse con él. Sus intercambios verbales la excitaban como nunca antes lo había hecho ninguna conversación. Vio aquella expresión en sus ojos azules de «te vas a enterar» y sintió un escalofrío en la espina dorsal.

–¿No vas a darme un beso, cariño? –le preguntó él–. Estoy seguro de que a la señora Jeffries no le importará.

–Por supuesto que no –aseguró la mujer sonriendo.

Tillie salió de detrás del mostrador. ¿Qué mal haría un roce de labios? Los actores lo hacían todo el rato, y mucho más que eso. Se colocó delante de él, le puso las manos en el pecho y miró sus ojos pícaros. Tillie semicerró los ojos y alzó la mano hacia su boca descendente.

El primer roce de sus labios le provocó un escalofrío. El segundo no fue un roce, fue una presión seductora que la llevó a abrir los labios y contener un gemido mientras permitía que su lengua se deslizara de un modo tan experto que todas las células de su cuerpo se despertaron como si hubieran estado dormidas. Se apoyó en sus brazos y otro escalofrío le recorrió la espina dorsal cuando los fuertes brazos de Blake la estrecharon con más fuerza. Podía sentir el creciente montículo de su erección hablándole a su forma femenina con un poder tan primitivo que resultaba abrumador.

¿Cómo era posible que le estuviera respondiendo así? Ni siquiera le caía bien y, sin embargo, su cuerpo anhelaba el suyo como si fuera una droga prohibida. Tillie no tenía claro quién fue el primero en apartarse, pero tuvo la sensación de que había sido él. Sonrió.

–Bueno, me gusta saber que te alegras de verme.

La sonrisa de Blake le dio a entender que no había terminado todavía con ella.

–Siempre, cariño. Siempre.

La señora Jeffries salió de la tienda justo cuando Joanne regresaba de su hora de la comida.

–Hola, Blake –dijo sonriendo de oreja a oreja–. Felicidades, por cierto. Es la mejor noticia del mundo.

–Gracias –respondió él–. Yo también lo creo. He venido para llevarme a Tillie a dar una vuelta. ¿Puedes guardar el fuerte durante media hora?

–Pero tengo que... –empezó a protestar Tillie.

–Claro. Ningún problema –aseguró Joanne–. Además, Tillie estaba a punto de tomarse un descanso. ¡Que os divirtáis!

Cuando salieron a la calle, Blake le tomó la mano y Tillie no tuvo más remedio que aceptarlo porque había gente haciendo recados por la zona. Blake tenía la mano caliente y casi se tragaba la suya. Había algo levemente erótico en el modo que se la sostenía.

Tillie caminó con él hasta el coche, que estaba aparcado muy cerca de la tienda.

–¿Dónde me llevas?

–A dar una vuelta.

Tillie frunció el ceño cuando Blake se colocó tras el volante y ella en el asiento del copiloto. No podía leer su expresión, porque era como si hubiera cerrado la persiana ahora que ya no tenían público. Ella clavó la vista al frente y no volvió a hablar hasta que salieron del pueblo y enfilaron por la carretera comarcal.

–Tengo que trabajar, ¿sabes? Dirijo un pequeño negocio al que tengo que dedicar muchas horas y...

–¿Por qué no me dijiste que eras virgen?

Tillie parpadeó asombrada. ¿Cómo diablos sabía aquello? ¿Quién más lo sabía? No era algo de lo que hablara con ninguno de sus amigos. Aunque ahora que lo pensaba, unos meses atrás a Simon le dio por sermonear a todo el que quisiera escucharle sobre las virtudes del celibato. Tillie se preguntaba ahora si lo había hecho porque ya se estaba acostando con su nueva novia en aquel momento. ¿O era porque todo el mundo en el pueblo veía a Tillie como una joven conservadora y chapada a la antigua? Tal vez la culparan en secreto de que Simon se hubiera ido con otra persona.

—No puedo entender cómo te ha llegado esa información y cómo puedes creer que sea cierta.

—¿Lo es?

Tillie se cruzó de brazos y miró fijamente hacia delante.

—No voy a responder a una pregunta tan impertinente.

El coche se detuvo a un lado de la carretera. Blake apagó el motor y se removió en el asiento para mirarla.

—Así que es verdad.

Tillie le miró y vio que la observaba con expresión pensativa.

—¿Y si lo es qué?

—¿Cuántos años tienes?

—Veinticuatro.

—Un poco mayor para ser virgen, ¿no crees?

Tillie miró hacia las vacas que pastaban en los verdes campos cercanos. Era un poco mayor, pero había accedido porque Simon insistió. No se lo había cuestionado porque sabía que sus padres, y también su madrastra, habían esperado hasta el matrimonio. Era algo común entre la gente de fe; había inclusos movimientos de celibato entre la gente joven por todo el mundo. Pero no pudo evitar preguntarse si Simon nunca la había deseado realmente y la había utilizado solo como un plan de respaldo hasta que apareciera alguien más atractivo.

—Simon no creía en el sexo antes del matrimonio

–afirmó–. No a menos que se trate de una rubia de talla cero con aspecto de niña.

–¿No intentaste hacerle cambiar de opinión? –preguntó Blake tras un breve silencio.

Tillie lo había intentado una vez y fracasó estrepitosamente. Todavía se estremecía de vergüenza al recordarlo. Simon se puso a sermonearla, haciéndola sentir mal por lo que él consideraba «malos deseos».

–¿Te refieres a seducirle? –Tillie se rio con amargura–. Ese no es mi fuerte en absoluto.

–Yo eso no lo sé.

Tillie no podía dejar de mirarle la curva de la boca. Tragó saliva y apartó los ojos de él.

–¿Podemos hablar de otra cosa?

Blake le atrapó un mechón de pelo entre los dedos y jugueteó con él.

–Eres una mujer preciosa. No permitas que nadie te diga lo contrario.

Tillie se inclinó un poco más hacia él, como si le estuviera examinando la vista.

–¿Necesitas gafas? Porque yo nunca me describiría como preciosa. Soy normalita.

Blake seguía jugueteando con su pelo y tenía la vista clavada en su boca, como si él tampoco pudiera evitarlo.

–Eres demasiado dura contigo misma. Para mí la inteligencia es tremendamente atractiva. Y sexy.

–Sí, bueno. Gracias por el cumplido, pero tengo un negocio del que encargarme, y si ya hemos terminado de hablar, me gustaría...

–Cuando te pedí que interpretaras esta farsa tenía la intención de acostarme contigo –afirmó Blake soltándole el mechón de pelo y recostándose de nuevo en su asiento–. Pero no tengo relaciones con vírgenes.

Tillie le miró fijamente. ¿Con ninguna virgen o solo con las que tenían un poco de sobrepeso y no tenían una belleza clásica?

–¿Por qué ese prejuicio contra las vírgenes?

–Las mujeres que han esperado a tener sexo hasta encontrar a la persona adecuada normalmente quieren el cuento de hadas –continuó Blake–. No sería justo acostarse con ellas y luego salir corriendo.

–¿Tú no te ves casado algún día?

–No.

–Será mejor que no se lo cuentes a nadie en el pueblo o te perseguirán con plumas y una olla de alquitrán.

Blake se rio entre dientes.

–Sí, ¿crees que no lo sé? Por eso no vamos a ponernos manos a la obra.

Tillie arqueó una ceja.

–¿Te he dicho yo en algún momento que me acostaría contigo?

Blake la miró de un modo que le dieron ganas de quitarse la ropa y arrojarse a sus brazos allí mismo.

–Nadie me ha rechazado nunca.

Tillie sintió un leve placer por ser la primera. Leve porque no quería rechazarle. Quería pegar la boca contra la suya y abrir los labios al suave embate de su lengua, apretar los senos contra su pecho, las caderas contra las suyas y sentir el movimiento de su erección.

El aire parecía cargado de una energía sexual que destelleaba entre sus miradas clavadas.

–Ni se te ocurra pensar en ello –la voz de Blake tenía una nota autoritaria.

–No sabes qué estoy pensando –reaccionó ella recuperando rápidamente la compostura.

Blake elevó las comisuras de los labios.

—¿Ah, no? —alzó un dedo y le recorrió la línea de la boca con la yema como si estuviera leyendo Braille... el labio superior y luego el inferior, como si quisiera recordar sus contornos.

Tillie no sabía antes cuántas terminaciones nerviosas tenía en los labios. Ni sabía lo difícil que sería resistirse a una caricia así.

—Entonces dime qué estoy pensando.

Blake le acarició la curva de la mejilla.

—Estás pensando en cómo sería... tú y yo...

—En realidad estoy pensando en la tarta que tengo que decorar para un bautizo —afirmó ella.

—Mentirosa.

Blake le rodeó el lóbulo de la oreja muy despacio con la yema hasta que Tillie tuvo que contener el aliento para no gemir de placer. La boca de Blake se le acercó como a cámara lenta, el aroma a canela de su aliento se mezcló con el suyo en el pequeño espacio que separaba sus bocas. Tillie acortó la distancia y le rozó la boca con la suya como si fuera una pluma, pero no fue suficiente. Quería más. Apretó los labios contra los suyos alentándole con coquetería y se preguntó dónde habría escondido durante tantos años aquella parte sensual.

Blake tomó el control del beso con un gemido ahogado y la estrechó contra sus brazos, casi aplastándola mientras su boca se movía con apasionada urgencia contra la suya. Tillie se abrió al embate autoritario de su lengua, recibiéndola en la caverna de su boca, mezclándola en una especie de juego del gato y el ratón que hizo que el deseo que mantenía a raya se liberara de sus cadenas. Inundó su cuerpo como una marea cálida que se llevó todas las razones por las que no debería estar alentando aquella interacción con él.

Nadie la había besado nunca así. Con tanto calor y tanta intensidad. Con un deseo tan feroz que casaba con el suyo. Era muy emocionante que estuviera tan excitado como ella. Podía sentir su cuerpo preparándose, su carne femenina se moría por frotarse para recibir el alivio que anhelaba.

Tillie podía escuchar los sonidos que ella misma hacía. Sonidos primitivos. Sonidos de aprobación. De placer, gemidos y suspiros y pequeños gruñidos que le resultaban ajenos. Le rodeó el cuello con los brazos y apretó los senos contra él todo lo que pudo.

Blake se apartó de pronto. Respiraba pesadamente.

–De acuerdo. Tiempo –se volvió a apoyar en el respaldo del conductor y aspiró con fuerza el aire, apretando el volante con las manos como si quisiera anclarse allí.

Tillie también se sentó y se atusó la falda tratando de calmar su cuerpo, pero este no escuchaba. Un deseo del que nunca había sido consciente la atravesaba en lo más profundo de su ser. Si apretaba las piernas era todavía peor. Le impactaba darse cuenta de lo cerca que había estado de suplicarle que terminara lo que había empezado.

¿O lo había empezado ella?

Se hizo un silencio largo y doloroso.

–¿No vas a decir nada? –preguntó finalmente Tillie.

Blake abrió y cerró los dedos sobre el volante. Tenía el ceño completamente fruncido.

–No creo que sea una buena idea mudarme a la mansión tan pronto.

¿Cómo que no? Era una idea genial. Nadie pensaría que estaba chapada a la antigua en cuanto Blake se instalara en la casa.

–Pero tienes que hacerlo. Le he dicho a todo el mundo que te mudas esta noche –le miró fijamente–. Quieres recuperar McClelland Park, ¿verdad?

–Ya sabes que sí. Pero tengo que ir unos días a Edimburgo por asuntos de trabajo.

–No dijiste nada de trabajo ayer cuando viniste a verme a la casa. Íbamos a salir a cenar.

La expresión de Blake parecía la de un hombre acorralado.

–Ha surgido después. Es... urgente.

¿Qué era urgente? ¿El trabajo o su necesidad de salir corriendo de la tentación? A Tillie le resultaba extraño considerarse una tentación. Nunca lo había sido para Simon. Ni una sola vez en ocho años. Sintió una punzada de placer al pensar que Blake la deseaba tanto que necesitaba distanciarse de ella.

Blake volvió a encender el motor.

–Será mejor que te lleve al trabajo –dijo echando marcha atrás y arrojando gravilla suelta al girar a toda prisa las ruedas.

«De acuerdo, había estado bien».

Blake condujo tras dejar a Tillie de regreso en la pastelería. No podía quitarse aquel beso de la cabeza. Se había portado como un adolescente excitado besándose en la cuneta de la carretera. Se suponía que debía echar el freno ahora que había descubierto que era virgen. Pero en cuanto los labios de Tillie rozaron los suyos no pudo mantener las manos lejos de ella. Se suponía que su inexperiencia debía ayudarlo a mantener la distancia, pero le atraía como la miel a una mosca.

Su boca le resultó tan suave y sexy bajo la suya...

respondió a él como si fuera el aire que necesitaba para respirar. Le había costado un mundo apartarse. Quería seguir besándola tocándola, quitarle esa ropa y hundir los labios en aquellos maravillosos senos que había sentido contra el pecho.

Tenía que controlarse. Se suponía que estaba concentrado en recuperar McClelland Park, no en tener una aventura con una chica que se había estado reservando para el príncipe azul. Tillie había respondido a él como si nunca antes la hubieran besado como se debía. Pero tal vez fuera así si su ex tenía sus intereses puestos en otro lado. Tillie besaba con todo el cuerpo, con tanta pasión que no quería ni imaginar lo que sería hacer el amor con ella.

Podría ofrecerle una aventura. La idea le mordisqueaba los bordes de la conciencia. Tillie se sentía atraída hacia él, de eso no le cabía la menor duda. Pero, ¿accedería a una aventura a corto plazo cuando su objetivo era el cuento de hadas? Las chicas como Tillie no tenían aventuras. Esperaban durante años a que el hombre adecuado les pusiera un anillo en el dedo y les prometiera el «para siempre».

Blake vivía para el momento. Tenía una misión, y cuando la cumpliera seguiría adelante. Y no se llevaría a nadie con él al marcharse. Viajaba ligero en lo que a las emociones se refería porque esa era la manera de mantener el control. El control era la clave. No necesitaba tumbarse en el sofá de un psicólogo para saber que tenía algo que ver con haber perdido a su madre de niño. Había visto lo que sucedía cuando las emociones se apoderaban de una persona. La gente dejaba de pensar con claridad. Distorsionaban las cosas.

Él mantenía la cabeza despejada centrándose en el

trabajo. ¿Y qué si era un adicto? Esa concentración era lo que le había llevado a recuperar la fortuna que se perdió cuando su padre se vino abajo. La capacidad de Blake para tomar decisiones empresariales duras sin involucrar a las emociones era la clave de su éxito. En cuanto la gente permitía que los sentimientos entraran en la ecuación todo empezaba a complicarse.

Le había parecido que sería muy fácil convencer a Tillie para que lo ayudara a recuperar McClelland Park. Cuando supo por los cotilleos del pueblo que la habían abandonado y tenía una deuda grande, pensó que podía utilizar su situación para su ventaja: un mes fingiendo ser su prometido a cambio de pagar sus deudas. Muy fácil... o eso le pareció. Pero no consideró las consecuencias de semejante acuerdo. Tenía pensado llevar a su padre a vivir a la mansión en un futuro no muy lejano. Si Blake hacía mal las cosas con Tillie, todo el maldito pueblo se pondría en su contra y tal vez dificultaran la estancia de su padre allí. Tillie era la santa del pueblo y si le hacía daño podía terminar con las rodillas destrozadas por un bate de béisbol.

Así que tal vez no le viniera mal una temporada de celibato.

Capítulo 5

TILLIE había llevado a Trufa a ver al señor Pendleton y después regresó a McClelland Park para echarle un ojo a las galletas que estaba horneando. Llevaba casi una semana sin ver a Blake. Cuando al principio le dijo que se iba a ir le preocupó lo que la gente pudiera decir porque ella había anunciado a bombo y platillo que se iba a vivir con él. Pero a medida que pasaban los días con poco o ningún contacto con él, se sintió extrañamente desinflada, como un globo solitario que alguien dejó atrás después de una fiesta. No quería admitir las ganas que tenía de volver a verlo. Ni tampoco lo aburrida que era la vida sin él entrando en la tienda y dirigiéndole una de aquellas miradas suyas por encima del mostrador. Ahora no podía siquiera mirar los petisús de chocolate sin sentir un escalofrío.

Le envió un texto diciéndole que le dejaría la llave de McClelland Park bajo una baldosa suelta cerca de la puerta de entrada por si ella estuviera todavía en el trabajo.

El señor Pendleton seguía negándose a creer que estuviera prometida a Blake. Tampoco ayudó mucho saber que Blake estaba en Escocia. Pero debido a su problema con la memoria, el personal del hospital la tranquilizaba diciendo que solo era una fase y que pronto se recuperaría.

Todo el mundo que pasaba por la pastelería se detenía a hablar de lo maravilloso que era que por fin hubiera encontrado el amor verdadero. A aquellas alturas Tillie era tan buena mintiendo que incluso ella estaba empezando a creerse que estaba realmente enamorada de Blake. Las mariposas que sentía en el estómago cada vez que escuchaba su nombre hacían que empezara a preguntarse si la mente y el cuerpo no le estarían jugando una mala pasada. ¿Era posible fingir que se sentía algo?

Tillie no sabía si le avergonzaba que todo el mundo creyera que estaba con Blake o si se sentía decepcionada. Desde aquellos besos su cuerpo se sentía inquieto. Era como si hubiera despertado un ansia que solo él podía saciar. Si cerraba los ojos podía recordar cada segundo de su boca en la suya, la sensación, el sabor, el modo en que su barba incipiente le rozaba la piel.

Cuando le contó su plan por primera vez tenía la intención clara de seducirla además. Pero cuando supo que era virgen se retiró... sin contar el beso, claro. ¿Y si tenía una pequeña aventura con él? No iba a enamorarse. Su mente podía utilizar todos los trucos que quisiera. No iba a enamorarse de nadie. No después de la última vez. Blake podía ser un medio para un fin, igual que ella lo sería para él.

¿Qué sentido tenía abstenerse del sexo si no tenía intención de casarse nunca? Ya no. No después de haber sido humillada públicamente en la boda que había planeado y que esperaba con tantas esperanzas puestas en el futuro. Por eso había guardado la tarta nupcial y el vestido de novia como recordatorio de su estupidez. Un recordatorio de lo estúpido que había sido creer en el cuento de hadas.

No era más que una trampa para tontos románticos

que pensaban que la vida no estaba completa sin un compañero. Tillie podía arreglárselas muy bien sin uno. La pareja ya no era algo para ella. Se acabó el consentir a un hombre. Se acabó cocinar platos que no le gustaban a ella solo por complacerle. Se acabaron las películas de acción y violencia y los aburridos partidos.

Soltera y contenta. Así estaría ella... dentro de un tiempo.

El anillo de compromiso seguía en el dedo de Tillie, así que pensó que lo mejor sería aprovecharlo al máximo. Sospechaba que tendría que ponerse a dieta durante un mes para poder quitárselo. No lo había conseguido ni con jabón ni con mantequilla. Tenía que ponerse guantes estériles al trabajar con la masa porque no quería mancharlo. Pero cuando transcurriera un mes se libraría del anillo y también de Blake.

Pero antes pasaría un buen rato.

Tillie sacó la primera hornada de galletas de cacahuete. Trufa levantó las orejas, ladró y salió disparada de la cocina. Empezó a arañar la puerta de entrada para poder salir. Tillie se quitó los guantes de plástico, se limpió las manos en el delantal y se acercó a abrir la puerta. En ese momento vio el deportivo negro de Blake deteniéndose frente a la fuente de la entrada circular. Salió del coche con una ligereza envidiable.

Llevaba en la mano un ramo de rosas color pálido, no eran rosa fuerte ni tampoco blancas. Se las entregó a Tillie con una sonrisa pícara.

—Pensé que esto te gustaría.

Tillie hundió el rostro en las fragantes flores, sintiéndose de pronto avergonzada ante la idea de que se fuera a vivir con ella. ¿Habría hecho lo correcto accediendo? ¿Y si las cosas se ponían... incómodas? Nunca había vivido con nadie aparte de su padre y su madrastra. ¿Y si Blake no aceptaba su proposición de tener una aventura? La casa era grande, pero no lo suficiente para que pudiera esquivarle.

–Son preciosas. Me encanta el color.

–Ese rosa me recuerda a tus mejillas cuando te sonrojas.

Tillie podía sentir que ahora estaba haciendo exactamente eso. Nadie la hacía sonrojar más que él. Solo tenía que mirarla con aquellos ojos grises azulados brillantes. ¿Habría pensado Blake en el beso que se habían dado? ¿Había revivido cada segundo o se había entretenido con alguien más?

La idea le chirriaba. Como encontrar una mosca en una rosquilla. No había nada que le impidiera continuar con su despreocupada vida de playboy. Su «compromiso» era una farsa. Nadie había hecho ninguna promesa.

Pero si tenía que acostarse con alguien, ¿por qué no podía ser con ella?

Cuanto más pensaba en ello Tillie, más sensato y conveniente le parecía. Para ella sería una oportunidad de quitarse la letra «V» de virgen. Podría disfrutar de una aventura ardiente y sin ataduras como un modo de celebrar su recién estrenado estado de soltería. Eso era lo que hacían los solteros, ¿no? Tener mucho sexo sin la presión de una relación con expectativas y responsabilidades.

–Y dime, ¿qué tal tu viaje? –le preguntó Tillie.

–Aburrido, la verdad.

–¿No hay bailarinas de cabaret en Escocia?

Blake la miró con expresión de enfado, pero Tillie se dio cuenta de que le sonreían los ojos.

–Eso fue idea de un compañero mío. Pensó que sería divertido que hubiera algunas bailarinas ligeritas de ropa en mi habitación mientras estábamos en una conferencia en Las Vegas. La prensa hizo un mundo de ello, por supuesto.

Su explicación la complació de un modo que no supo explicar. O tal vez se alegraba secretamente de que no fuera la clase de hombre que celebrara fiestas salvajes con bailarinas en Las Vegas.

–¿Quieres cenar algo? –le preguntó Tillie tras una breve pausa–. Hay suficiente para dos. De hecho todavía tengo que aprender a cocinar para una sola persona.

–Claro, si no te importa... Pero si prefieres podemos ir a cenar fuera.

Tillie sonrió.

–Cocinar es lo mío. Es lo único que se me da bien.

–Estoy seguro de que se te dan bien muchas cosas –Blake dirigió la mirada hacia su boca un nanosegundo.

–Yo... eh... voy a poner esto en agua –dijo–. ¿Por qué no te pones cómodo? Como si estuvieras en tu casa. Lo siento, debe sonar raro que alguien te diga algo así cuando esta era tu casa. Te he dejado una de las habitaciones más grandes. No he sacado las cosas del señor Pendleton de la principal porque no me parecía correcto.

–Está bien, no esperaba trasladarme ahí ya –Blake aspiró el aire con la nariz–. La casa está igual y también huele del mismo modo. ¿Qué estás preparando?

–Galletas. Horneo mucho aquí para la tienda y así mantengo el espacio de trabajo despejado para hacer las decoraciones.

Tillie esperaba que sacara las maletas del coche y se dirigiera a la parte de arriba a instalarse, pero Blake la siguió a la cocina. Sacó una silla y se sentó frente a la mesa de pino que ocupaba el centro de la estancia.

Empezó a recorrer la cocina con la mirada como si recordara los tiempos en los que se había sentado allí siendo niño. Tillie se preguntó si volver allí sería difícil para él al recordarle su infancia y la pérdida que había sufrido.

Tillie colocó las flores en un jarrón, consciente de que tenía la mirada de Blake clavada en ella. Alzó la vista de las flores y le dedicó una media sonrisa.

—Puedes tomar una si quieres. No eres alérgico a los cacahuetes, ¿verdad?

—No —Blake agarró una de la bandeja y le dio un mordisco, emitiendo sonidos de placer mientras la saboreaba.

Sonó el cronómetro del horno y Tillie se puso los guantes antes de inclinarse para sacar otra bandeja.

—Mi madre solía hornear —dijo Blake—. Y yo la ayudaba

Tillie dejó las galletas enfriando y le miró.

—Debiste quedarte destrozado cuando murió.

Blake guardó silencio durante un instante, pero se quedó mirando la galleta que tenía medio comida como si se preguntara cómo había llegado hasta ahí.

—Para mi padre fue un golpe durísimo —dijo finalmente—. Su trabajo se resintió. Perdió grandes cantidades de dinero con malas decisiones empresariales. La gente se aprovechó de él en lugar de ayudarlo.

Tillie no podía creer lo trágico que era todo. Podía imaginarse a Blake como un niño pequeño y asustado, destrozado por el dolor de la pérdida de su madre y luchando por apoyar a su desconsolado padre para encima perder la casa familiar. No era de extrañar que estuviera tan decidido a recuperarla. No podía traer a su madre de vuelta, pero al menos esto sí podía hacerlo.

–¿Tu padre volvió a casarse o...?

Blake sonrió con amargura.

–Ni siquiera volvió a salir con nadie.

La fuerza del amor del padre de Blake por su madre hacía que lo que ella había sentido por Simon pareciera un enamoramiento de colegiala.

Tal vez no fue más que eso...

–Debía quererla mucho.

Blake apartó los ojos de los suyos y frunció el ceño.

–No habría creído que fuera posible querer tanto a alguien si no lo hubiera visto con mis propios ojos. Literalmente, era incapaz de funcionar sin ella. Apenas puede hacerlo ahora, sobre todo después de la operación de corazón. No la habría necesitado si se hubiera ocupado más de sí mismo a lo largo de los años. Pero confío en que recuperar este lugar para él sea dar un paso en la dirección correcta.

–¿Estás haciendo esto por él? –preguntó Tillie.

Blake volvió a mirarla. Esta vez tenía una sonrisa cínica en los labios.

–¿Acaso creías que quería montar una mansión de playboy para mí?

Ella se mordió el labio inferior. Eso era exactamente lo que había pensado.

–Era lo más fácil de pensar, sobre todo por el modo en que lo has planteado. Exigiendo que fingiera ser tu prometida.

Blake soltó un gruñido suave que podría considerarse una especie de disculpa.

–Veo que todavía llevas mi anillo.

–Porque la única manera de quitármelo sería cortándome el dedo.

Se hizo otro momento de silencio.

Tillie hizo como si se limpiara unas migas invisibles.

–He estado pensando sobre este acuerdo que tenemos... –empezó a decir.

Él la miraba fijamente.

–¿Y?

Tillie se humedeció los labios, que sintió repentinamente secos.

–Bueno, tal vez esté equivocada, pero tengo la sensación de que cuando me besaste el otro día...

–No hagas esto...

–El caso es que... no he tenido ninguna relación...
me refiero físicamente... así que...

–No –afirmó él con rotundidad.

¿Por qué seguía diciéndole que no?

Tillie se tomó un instante para recomponer su da-
ñada autoestima.

–¿Por qué? ¿Es porque no te gusto o...?

Blake se levantó de la silla con un movimiento
brusco.

–No voy a acostarme contigo, Tillie. No estaría
bien.

–Ah, así que de pronto te ha nacido conciencia,
¿no? –murmuró ella–. Lástima que no la tuvieras
cuando me chantajeaste para que fuera tu prometida.

Blake apretó las mandíbulas con fuerza.

–Mi prometida *fingida*. No pretendo que se con-
vierta en algo oficial. Un mes, eso es todo.

–¿He dicho yo que quiero que lo hagas oficial?

Él movió las cejas como si no supiera si fruncirlas
todavía más o relajarse.

–¿Qué quieres exactamente?

¿Iba a obligarla a deletrearlo?

–He pensado que como... bueno... como nos llevamos
bien, podrías ayudarme a resolver mi... problemilla.

Los ojos de Blake estaban más oscurecidos que

nunca, tan brumosos y profundos como el lago que había fuera.

–¿Qué problemilla?

Tillie entrelazó las manos frente a su cuerpo como cuando era una colegiala y tenía que ir a ver a la directora.

–Como dijiste el otro día, es poco habitual que una mujer de mi edad siga siendo virgen, así que... me preguntaba si podrías ayudarme a dejar de serlo.

Se hizo un silencio absoluto.

Blake frunció el ceño todavía más.

–No hablas en serio...¿verdad?

El tono de incredulidad de su voz hizo que sonara como si le estuviera pidiendo que hiciera un sacrificio humano con ella y luego arrojara sus huesos a los buitres.

–Claro que hablo en serio –aseguró Tillie–. Estoy harta de ser virgen. Solo accedí al celibato por Simon, y luego él tuvo sexo con otra mujer a mis espaldas. Eso fue lo que más me enfureció. ¿Puedes imaginar cómo me sentí? Sin ningún valor, así me sentí. Poco deseable y sin valor.

Blake aspiró con fuerza el aire y luego lo soltó de golpe.

–Mira, esto es lo que pasa. Reconozco que estaba pensando en acostarme contigo, lo pensé muy en serio, pero enterarme de que nunca habías estado con un hombre lo cambió todo. No soy el tipo de la casita con la valla blanca que buscas. No estaría bien acostarme contigo sabiendo que no puedo ofrecerte el paquete entero.

–Pero yo no quiero el paquete entero –afirmó ella–. Ya he estado ahí, lo he hecho, tengo el traje de novia y la tarta nupcial para demostrarlo.

–¿Qué estás diciendo? ¿No quieres casarte algún día y formar una familia?

Tillie no estaba tan segura de la parte de la familia. No había descartado del todo tener un hijo o dos. Con la tecnología actual, las mujeres no necesitaban un marido para ser madres. Pero el matrimonio estaba tachado con bolígrafo rojo.

–Estoy abierta a tener un hijo, pero no a tener un marido. Puedo decir con certeza que ningún hombre me convencerá otra vez para aparecer en una iglesia con un vestido blanco y velo.

–La gente no siempre se casa en una iglesia...

–El problema no es el sitio –dijo ella–. Es la institución del matrimonio lo que rechazo ahora. Quiero tener la vida que me perdí mientras me reservaba para Simon. Quiero recuperar todas las oportunidades que me perdí.

Blake se pasó la mano por la cara hasta que se distorsionó las facciones.

–Esto es una locura.

Tillie no sabía muy bien qué responder. Había confiado en que él se lanzaría sin pensar a la oportunidad de acostarse con ella. Ahora se preguntaba si aquello no se debería más al hecho de que no era atractiva, no a que fuera virgen. Todas sus inseguridades cobraron vida de nuevo. No era una mujer delgada y con cuerpo de modelo como las que salían con Blake. No vestía a la moda. No llevaba suficiente maquillaje. No mostraba suficiente escote. La lista era interminable.

–De acuerdo –dijo–. El mensaje me ha llegado alto y claro. Ha sido una tontería por mi parte creer que alguien como tú podría estar remotamente interesado en alguien como yo.

Blake se acercó a ella y le puso las manos en los antebrazos mirándola fijamente.

—Deberías pensar en esto un par de días antes de precipitarte a algo de lo que podrías arrepentirte.

Ahora fue Tillie la que frunció el ceño.

—¿Por qué iba a arrepentirme de hacer lo que las chicas de mi edad hacen sin pestañear?

Blake dejó caer las manos y dio un paso atrás.

—Solo creo que necesitas echar el freno, eso es todo.

Tillie apretó los labios y se cruzó de brazos.

—Estoy empezando a arrepentirme de haberte invitado a mudarte aquí.

—¿Por eso me invitaste? —el tono de Blake tenía un filo duro—. ¿Para que pudiera ayudarte con tu «problemilla», como tú le llamas?

—No. Creo que tienes razón, si no vivimos bajo el mismo techo la gente empezará a preguntarse por qué. Especialmente porque todo el mundo sabe que no eres ningún santo. Esperan que durmamos juntos. Lo contrario no sería normal.

Blake se retiró el pelo hacia atrás con mano distraída.

—Piénsatelo un par de días, ¿de acuerdo? Como si fuera un periodo de reflexión. Así es como se toman las mejores decisiones empresariales.

—¿Así es como ves esto? ¿Como una decisión empresarial?

Una persiana cayó sobre la mirada de Blake, como si se estuviera cerrando.

—Mi objetivo es y ha sido siempre recuperar este lugar. Tú te convertiste en parte del plan cuando te planteé este acuerdo a cambio del dinero que debías. Pero si prefieres que ponga fin a nuestro fingido compromiso, entonces lo haré. No me deberás ni un penique. Tú eliges.

¿La estaba poniendo a prueba?

Pero aunque no fuera así, ¿cómo iba Tillie a abandonar y ver cómo perdía por segunda vez la casa que tanto amaba? Blake no le había hablado mucho de su madre, pero lo poco que le dijo de su padre le hizo darse cuenta de lo profundamente que le quería y que veía la recuperación de la mansión como parte esencial de su bienestar. Tal vez podría haberse bajado del tren antes, pero no ahora que se había dado cuenta de lo importante que era McClelland Park para él.

—No. Quiero que recuperes la casa —aseguró—. Es lo justo, aunque el modo en que lo estás abordando sea poco convencional.

Si Blake sintió alivio lo disimuló muy bien. Su expresión no mostraba nada.

—Gracias.

Blake sacó sus cosas del coche mientras Tillie preparaba la cena. Una parte de él le decía que volviera a meterlas y se marchara de allí antes de que hubiera más daños. Pero la proposición de Tillie de tener una aventura sin ataduras era más tentadora que la fuerza de sus convicciones. ¿Estaría mal tener una relación física con ella?

Nunca antes había hecho el amor con una virgen, pero sabía lo suficiente sobre mujeres para entender que hacerlo de manera precipitada, antes de que ella estuviera preparada, resultaría no solo doloroso sino también emocionalmente dañino. No se consideraba una persona que colocara los estándares de sexualidad femeninos distintos a los de un hombre. El deseo sexual era un proceso humano natural, ¿por qué no iban a experimentarlo las mujeres del mismo modo que los hombres sin sentirse culpables?

Pero el hecho de que Tillie fuera virgen le hacía sentirse... privilegiado. Honrado de que hubiera decidido pedirle a él que fuera su primer compañero. No porque sintiera algún afecto por él; en ese caso Blake no habría accedido. Los sentimientos se interponían cuando se trataba de sexo sin ataduras. Él era un maestro bloqueando los suyos. De vez en cuando sentía algo más vago por alguna compañera en particular, pero siempre se marchaba antes de que tuviera tiempo de arraigar.

La atracción que sentía Tillie por él era puramente física, la mejor de las atracciones cuando se trataba de una aventura sin ataduras. Su relación con ella no iba a durar más que las que tenía con las demás mujeres. Un mes era lo máximo que permanecía con alguien, aunque nunca antes había vivido con nadie.

¿Supondría eso saltarse demasiado los límites? Compartir una casa de aquel tamaño no debería ser un problema, pero aquella no era una casa cualquiera. Era un tesoro de recuerdos profundamente emotivos para él, un lugar en el que había experimentado el amor y la felicidad y una profunda sensación de pertenencia que nunca antes había vuelto a vivir.

Blake dejó sus cosas en la habitación que Tillie le había preparado y luego caminó unos cuantos metros más allá por el ancho pasillo para abrir la puerta del dormitorio que ocupaba de niño. La cama, los muebles y las cortinas eran distintos, y también el papel pintado. No quedaba ni rastro del niño que había vivido allí los primeros diez años de su vida.

Pero cuando se acercó a la ventana y miró hacia fuera regresó en el tiempo al último día el en que estuvo justo en aquel lugar sintiendo el corazón muy pesado dentro del pecho. Desde la ventana podía ver el viejo olmo con sus ramas extendidas como las alas de una gallina clueca acogiendo a sus polluelos. Blake había tallado su nombre donde nadie más pudiera verlo en aquel viejo olmo que había cuidado de tantas generaciones de McClelland.

Escribió su nombre allí como una promesa secreta a sus ancestros de que algún día volvería a recuperar el único hogar que había conocido.

Tillie subió las escaleras un rato más tarde para decirle a Blake que la cena estaría lista en diez minutos. Al principio no lo encontró. No estaba en la habitación que había preparado para él, aunque sus maletas estaban allí. Siguió por el pasillo y llegó a una habitación más pequeña. Allí lo encontró, de pie frente a la ventana y con las manos en los bolsillos, mirando hacia los campos verdes y los acres de bosque que quedaban detrás.

Debió sentir que le estaba mirando, porque se dio la vuelta y la miró con una sonrisa distraída, como si estuviera sumido en sus pensamientos.

—Perdona, ¿has dicho algo?

Tillie entró en la habitación y se detuvo cuando estuvo justo enfrente de él. Le resultaba difícil leer su expresión, pero le dio la sensación de que estaba haciendo un esfuerzo por mantener sus emociones a raya.

—¿Esta era tu habitación de pequeño?

Los ojos de Blake se apartaron de los suyos y volvieron a mirar por la ventana.

—¿Ves aquel viejo olmo allí a lo lejos? —señaló hacia el árbol bajo el que Tillie se sentaba muchas veces a jugar con Trufa.

–Sí –murmuró ella. Siempre le había parecido que era un lugar mágico, que se trataba de un árbol de cuento.

Blake seguía con la vista clavada en el árbol.

–Me rompí el brazo al caerme de ese olmo cuando tenía nueve años. Me quitaron la escayola justo antes de mi décimo cumpleaños –hizo una breve pausa–. Si hubiera sabido que sería el último cumpleaños que pasaría aquí con mi madre...

Tillie le pasó el brazo por el suyo para ofrecerle todo el consuelo que pudo.

–Estoy segura de que tu madre estaría muy orgullosa del hombre en el que te has convertido, sobre todo con todo lo que estás haciendo para ayudar a tu padre.

Blake emitió un sonido a medio camino entre el suspiro y el gruñido.

–Le habría roto el corazón saber que tuvimos que dejar este lugar.

–Es un lugar del que resulta muy fácil enamorarse.

Blake se giró y le dedicó una de sus medias sonrisas.

–¿Tú dónde te criaste?

–No en un lugar tan bonito como este –admitió Tillie quitándole el brazo del suyo–. Vivíamos en vicarías dependientes de una parroquia, así que nunca hubo un lugar que pudiera llamar «hogar» en ese sentido. El sitio en el que más tiempo hemos vivido fue aquí, en este pueblo, pero solo pasaron cuatro años antes de que mi padre fuera trasladado a otra parroquia en Newcastle. Por eso me quedé en casa de los padres de Simon, no quería interrumpir mi último año de estudios. Albergaba la esperanza secreta de que mi padre y mi madrastra cambiaran de opinión respecto a irse, pero no pareció preocuparles demasiado dejarme atrás. No les interesan demasiado los problemas del primer mundo. Viven por y para su fe.

Blake clavó sus ojos azul grisáceo en los suyos.

—¿Tu padre no tuvo más remedio que aceptar el traslado o podía haber pedido una ampliación?

A Tillie le había costado aceptar la decisión de su padre de mudarse, pero como era una hija obediente, nunca dijo nada. Le resultaba un poco raro estar confesando lo que sintió en aquel momento con alguien con tanto mundo como Blake.

—Él nunca se habría cuestionado la decisión porque consideró que era su deber. Tuve que aceptarlo, pero la verdad es que no fue fácil.

—¿Tú también vives de la fe?

Tillie puso cara de buena.

—Por favor, no se lo digas a mi padre y a mi madrastra, pero no se me da muy bien. Me gusta saber que hay dinero en el banco y que todas las facturas se pagarán con el tiempo.

—Me parece justo.

Se hizo una breve pausa.

—¿Y qué me dices de ti? —preguntó Tillie—. ¿Crees que un poder sobrenatural que te vigila todo el rato?

Los ojos de Blake se oscurecieron de pronto y le puso una mano en la cara, deslizándosela por la mejilla.

—Si lo hay, entonces lo que voy a hacer ahora mismo me enviará directo al infierno.

Tillie tragó saliva disimuladamente.

—¿Qué... qué vas a hacer?

—Adivínalo —dijo acercando su boca a la suya.

Capítulo 6

L OS LABIOS de Blake eran fuertes, decididos...
casi duros. Como si le molestara la atracción
que sentía por Tillie y estuviera luchando contra ella. Tillie no quería que luchara contra ella, quería que abrazara aquella atracción como ella hacía. El
calor de su boca se extendió por la suya como el fuego,
provocando chispas de sensación desde los nervios
de sus labios que viajaron a través de su cuerpo como
llamas. La lengua de Blake encontró la suya con un
único embate y establecieron un duelo íntimo y placentero.

Tillie apretó el cuerpo contra el suyo y abrió la
boca a su exploración. Su lengua se iba haciendo más
audaz a cada segundo. Blake sabía a menta, café y
desesperación, sus labios se movían sobre los suyos
con exquisita pericia hasta que sus sentidos empeza-
ron a cantar como un coro sinfónico. ¿Cómo era posible que un beso despertara en ella aquellas sensaciones? La sensación viajó a toda velocidad de la boca al
centro de su cuerpo como si sus besos conocieran un
camino secreto a través de su interior.

Blake tenía las manos en sus caderas, sostenién-
dola contra su piel masculina y sin dejar ninguna duda
de que el deseo que Tillie estaba experimentando no
era unidireccional. El cuerpo de Blake estaba tan excitado como el suyo.

Él apartó la boca de la suya para dejarle un rastro de besos en un lado del cuello.

–Tienes que decirme que pare –había una nota casi de súplica en su voz, pero de ninguna manera le iba a pedir que se detuviera.

Tillie le deslizó la yema del dedo por la barbilla, donde tenía una barba sutil y deliciosamente masculina.

–¿Y si no quiero que pares?

Blake le apretó con más fuerza las caderas. Sus ojos eran dos lagos de neblina gris.

–No me lo estás poniendo fácil.

Ella se puso de puntillas y le dio varios besos suaves en los labios.

–Quiero que me hagas el amor.

La boca de Blake respondió besándola con la misma calidez.

–Te he deseado desde el primer día que me serviste en la tienda –murmuró.

Ella le besó de nuevo.

–¿Por qué? ¿Por mis petisús de chocolate?

Blake sonrió contra su boca.

–Entre otras cosas.

Ella se apartó para mirarle.

–¿Qué otras cosas?

Blake le deslizó un dedo indolente por la forma de las cejas.

–Cuando me devolviste el cambio supe que seríamos dinamita juntos.

Entonces, ¿él también había sentido el escalofrío? A partir de entonces Tillie había tratado de no tocarle, pero él se aseguraba siempre de que sus manos hicieran contacto. ¿Por eso insistía siempre en que le sirviera ella y no Joanne?

–¿Te comiste todos esos petisús de chocolate o eran un truco para captar mi atención?

Blake sonrió con malicia.

–Por supuesto que me los comí. Un hombre solo puede resistir cierto número de tentaciones –le apartó un mechón de la cara–. ¿Estás segura de esto? ¿Realmente segura?

Tillie le subió las manos por el pecho para rodearle el cuello con los brazos.

–Completamente –se acercó más a él y aplastó los senos contra el muro de su pecho, conectando su boca con la suya en un beso explosivo, como si su última resistencia hubiera estallado.

Las manos de Blake le cubrieron el trasero para atraerla contra su calor, su lengua mezclada con la suya en un baile sexy que la hizo estremecerse por dentro de placer. Así era como se suponía que debían ser los besos. Apasionados, imparables. Irresistibles.

Tillie contuvo el aliento cuando Blake movió una mano desde el trasero hasta la parte inferior de sus senos. Era tan excitante como si se lo hubiera cubierto con la mano desnuda. Pero parecía estar teniendo mucho cuidado en no precipitarse, y seguía besándola lentamente de un modo que sus sentidos parecían presas del éxtasis.

Tillie emitía pequeños sonidos bajo el sensual movimiento de su boca, sonidos de ansia que marcaban el deseo que sentía por él. Nunca había experimentado una fiebre así en la piel. Cada nervio de su cuerpo estaba activado, en alerta máxima, anticipando el siguiente roce de su boca, la siguiente caricia, la posesión definitiva de su cuerpo moviéndose con calor y urgencia dentro del suyo.

Blake la acercó a la cama con la boca todavía clavada en la suya en un beso ardiente que le provocaba escalofríos en la base del vientre. Ella empezó a quitarle la ropa, estaba deseando tocarle la piel desnuda. Le desabrochó un par de botones de la camisa, pero sus dedos no estaban muy hábiles. Blake se quitó el resto y se la sacó por la cabeza antes de tirarla al suelo, a los pies de la cama. Ella le puso las manos en el pecho y le deslizó las palmas por los tonificados músculos, preguntándose otra vez dónde almacenaría todas las calorías que le había vendido.

Una repentina timidez se apoderó de ella.

¿Le causaría rechazo a Blake su vientre abultado que no lograba bajar por muchas sentadillas que hiciera? ¿Los muslos con hoyuelos? ¿Y si su cuerpo no le gustaba? No era como las modelos esbeltas con las que Blake solía salir.

Él debió notar su cambio de actitud, porque detuvo los movimientos y le buscó la mirada.

–No es demasiado tarde para cambiar de opinión.

Tillie bajó los ojos y se mordió el labio inferior.

–No es eso...

Blake le puso una mano cálida en la mejilla y le mantuvo la mirada.

–¿Estás nerviosa?

–Un poco...

Él empezó a acariciarle lentamente la mejilla con el pulgar.

–Eres una mujer preciosa y sexy, Tillie. No tienes que dudar de ti misma.

¿Acaso sabía leer el pensamiento?

–Siempre me he avergonzado de mi cuerpo –confesó–. Simon lo empeoró al insistir todo el rato en que me tapara. Empecé a ver mi cuerpo como un problema, algo de lo que avergonzarme, algo que tenía que esconder en lugar de estar orgullosa de mis curvas.

Blake le cubrió suavemente el pecho a través de la ropa.

–He tenido fantasías con tus curvas desde el día que te conocí.

–¿De verdad?

Los ojos de Blake emitieron un brillo sexy cuando empezó a desabrocharle los botones de la parte de arriba.

La piel de Tillie se estremeció cuando sus dedos rozaron los suyos y el centro de su cuerpo se contrajo con un espasmo de deseo tan fuerte que creyó que se iba a desmayar. Blake le quitó el vestido y lo dejó caer al suelo al lado de su camisa. Deslizó las yemas de un dedo por las curvas gemelas de sus senos, todavía encajados en el sujetador. La sensación de su dedo acariciándola resultaba electrizante.

–Preciosos –su voz era un murmullo grave que provocó un escalofrío en la piel de Tillie. Entonces Blake inclinó la cabeza y deslizó la lengua por cada uno de sus senos lentamente. ¿Quién hubiera imaginado que tenía tantas terminaciones nerviosas en el pecho?

Luego siguió hacia abajo y le besó el esternón y el ombligo, quitándole con delicadeza las braguitas para tener acceso a su parte más íntima. Ella se puso tensa automáticamente, pero Blake la calmó colocándole una mano en el vientre, justo encima de su montículo para tranquilizarla.

–Relájate, cariño. No te haré daño.

Tillie dejó escapar lentamente el aire que estaba conteniendo y volvió a apoyar toda la espalda en el colchón. Blake empezó a acariciarla con las yemas de los dedos midiendo su respuesta, animándola a decirle qué funcionaba y qué no. Y ella se lo habría dicho si hubiera sido capaz de hablar. Lo único que pudo hacer fuer contener el aliento. Blake puso la boca en ella y empezó a explorarla lentamente, lamiéndola con suavidad para ayudarla a abrirse como una flor, dándole tiempo para que se acostumbrara a su contacto, a sentir su aliento en ella.

Las sensaciones se iban construyendo en una poderosa oleada, llevando su cuerpo a un punto delicioso. Era como si se estuviera aproximando una tormenta salvaje y aterradora. La sintió llegar, pero se apartó de ella, temerosa del impacto que podría tener.

–Vamos, Tillie –murmuró él–. No le tengas miedo.

–No... no puedo –Tillie se llevó la mano a la cara para taparse, avergonzada de pronto por lo torpe que debía parecerle.

Blake le apartó la mano de la cara con suavidad.

–Lo estás haciendo muy bien. Es difícil tener un orgasmo con una pareja por primera vez. Pero te tengo. No dejaré que te ocurra nada malo. Déjate llevar.

Tillie cerró los ojos y dejó que la acariciara con los labios y la lengua. Era como si supiera leerle el cuerpo. La presión volvió a subir y esta vez no hubo forma de escapar de las oleadas de placer, parecían impactar contra ella una y otra vez, llevándola a una cúspide que estaba más allá del pensamiento. Su cuerpo estaba completamente cautivo de unas sensaciones que nunca antes había experimentado con tanta fuerza. Las olas le recorrieron el cuerpo en cascada dejándola débil y sin fuerzas.

Blake le acarició el lateral del muslo.

–¿Lo ves? Sabía que podrías hacerlo.

Tillie lo atrajo hacia sí para poder tocarlo.

–Eso ha sido... increíble. Pero tú tienes demasiada ropa.

–Me he distraído ahí un instante –Blake se apartó de la cama para quitarse los pantalones y los calzoncillos antes de sacar un preservativo de la cartera.

Volvió a la cama y se tumbó a su lado como si no quisiera abrumarla.

–No tenemos que hacer esto si no te sientes preparada.

Tillie le acarició la erección.

–Estoy preparada. Más que preparada.

«Estoy preparada desde el día que te conocí».

Las facciones de Blake se contrajeron de placer mientras ella le acariciaba de arriba abajo.

–¿Lo estoy haciendo bien? –le preguntó.

–Puedes hacerlo más fuerte. No me harás daño.

Tillie apretó los dedos y fue más rápido, disfrutando del modo en que la respiración de Blake cambió. Él llevó la boca a la suya y la besó larga y apasionadamente, demostrándole con la lengua lo que iba a venir después.

Tillie apretó la pelvis contra él, permitiendo que su cuerpo comunicara sus necesidades. Blake se colocó encima y apoyó el peso sobre los brazos para no aplastarla. Le apartó el pelo de la cara.

–¿Seguro que estás bien? No es demasiado tarde para decir que no –murmuró con los ojos brillantes de deseo.

Tillie le acarició la cara.

–Te deseo.

Él le dio un suave beso en los labios.

–Yo también te deseo –entonces empezó a moverse lentamente hacia la entrada de su cuerpo, permitiendo que le sintiera sin ir más allá–. Si te hago daño dímelo.

Tillie le puso la mano en la erección para guiarle,

aunque no necesitaba directrices. Estaba siendo muy considerado, pero su cuerpo no necesitaba su consideración. Lo necesitaba a él. En aquel instante.

Blake se deslizó un poco hacia dentro, dándole tiempo a que se acostumbrara a él. Luego profundizó un poco más cada vez hasta que ella se sintió cómoda con su presencia.

–¿Todo bien? –preguntó.

–Más que bien –dijo Tillie acariciándole la espalda y los hombros–. Es increíble sentirte.

–Es increíble sentirte a ti también –Blake le rozó los labios con los suyos primero con suavidad y luego con una firme presión.

El poder primitivo de aquel acto surgía a través de su cuerpo, haciéndola gemir y gruñir cuando él inició un suave ritmo de embate y retirada.

No había ni rastro de la incomodidad que había imaginado. Ni de la vergüenza de no tener un cuerpo perfecto. Estaba absorbida por el momento mágico de descubrir puntos de placer y zonas erógenas de su cuerpo, y se sentía orgullosa de cómo respondía a él.

Tillie sentía el cuerpo ardiente de deseo, pero se veía incapaz de llegar al momento final de despegue. Se movió debajo de él, buscando aquella fricción extra, encontrándola y luego perdiéndola cuando más la necesitaba.

–No... no puedo...

–Sí puedes –dijo Blake poniendo una mano entre sus cuerpos y acariciándola íntimamente.

Aquello era lo único que necesitaba para volar. El estremecimiento que recorrió su cuerpo de la cabeza a los pies no perdonó ningún rincón. Tillie se abrazó a él mientras la tormenta la atravesaba y le clavó los dedos en las nalgas, impresionada por lo descontrolado que estaba su cuerpo. Hacer el amor con alguien era muy distinto a complacerse a sí misma. El contacto de piel con piel, el aroma de la excitación, el dar placer y recibirlo, hacían que la experiencia fuera mucho más satisfactoria.

Blake esperó a que ella saliera del orgasmo antes de dejarse llevar por su propio placer. Tillie sintió cada uno de sus escalofríos, escuchó aquel gruñido gutural que parecía salir de una caverna situada en su interior. ¿Habría experimentado la misma sensación de terremoto?

Blake levantó la cabeza y la miró a los ojos.

—Irá mejorando cuánto más lo hagamos.

Tillie le recorrió la línea del labio inferior con el dedo.

—No puedo imaginar cómo podría mejorar para mí. No sabía que mi cuerpo fuera capaz de algo así.

—Tienes un cuerpo precioso capaz de acabar con todo el autocontrol que soy capaz de reunir.

Tillie le escudriñó el rostro durante unos segundos.

—¿Para ti ha estado bien?

Blake la besó en los labios.

—Mejor que bien. Impresionante. Nunca antes me había acostado con alguien como tú.

—¿Te refieres a una virgen?

Él jugueteó con uno de sus mechones de pelo.

—No solo eso.

—¿Es porque soy gorda?

Blake frunció el ceño.

—No eres gorda. Tienes una figura maravillosa.

—¿Todas tus amantes anteriores eran delgadas?

Blake dejó escapar un largo suspiro, como si se estuviera armando de paciencia. Luego se apartó y se quitó el preservativo antes de sentarse en el borde de la cama con una mano descansando en la pierna de Tillie.

–Escúchame –le dijo con tono grave–, entiendo que haber pasado años prometida a un tipo que ni siquiera intentó consumar la relación puede hacer mucho daño a la autoestima de una chica. Pero odio que hables de forma tan negativa de tu cuerpo. No tienes nada de qué avergonzarte.

Tillie suspiró también.

–Siento haber estropeado el momento.

Blake esbozó una media sonrisa y se inclinó para darle otro beso.

–Repite después de mí: Soy preciosa tal y como soy.

Ella giró la cabeza.

–¡No! Eso suena muy vanidoso.

Blake le giró la cara para obligarla a mirarlo a los ojos.

–Dilo.

Ella le miró y por primera vez en su vida se sintió bella. Bella y deseable.

–Soy preciosa tal y como soy. Ya está, ya lo he dicho. Y ahora, ¿me dejas ya?

Blake deslizó un dedo indolente entre sus senos.

–¿Eso es lo que quieres que haga? ¿Que te deje o que juegue contigo un poco más?

Un escalofrío recorrió la piel de Tillie al ver el brillo sexy de sus ojos.

–¿Me deseas otra vez?

Blake le tomó una mano y se la llevó al bulto de su erección.

–Me excitas, Tillie Toppington. Muchísimo.

Ella le acarició y disfrutó del modo en que su gesto se contorsionaba con cada movimiento de la mano.

–¿Me prometes que dejarás de tratarme como si fuera de cristal?

–¿Estás dolorida?

Tillie apretó las piernas, pero solo sintió un pequeño tirón, más placentero que doloroso.

–Para nada.

Blake se tumbó a su lado y se apoyó en un codo. Con la otra mano le acarició el muslo y de pronto frunció ligeramente el ceño.

–Estaba decidido a no hacer esto. No quiero que te hagas ideas equivocadas...

Tillie le puso un dedo en los labios para silenciarle.

–Repite detrás de mí: Tengo una aventura sin ataduras contigo y me parece fenomenal.

El gesto de Blake dio a entender que estaba luchando contra su conciencia.

–Tengo una aventura sin ataduras contigo y me parece fenomenal.

–No pareces muy convencido –dijo ella acariciándole las cejas para que dejara de fruncir el ceño–. Tus ojos decían: «¿Qué diablos he hecho?»

Los ojos de Blake seguían un poco nublados.

–Siempre y cuando los dos tengamos claros los límites.

–Yo los tengo clarísimos –afirmó ella levantando los dedos como si estuviera enumerando una lista–. Vamos a tener mucho sexo. No vamos a enamorarnos. Y en cuanto tú recuperes McClelland Park pondremos fin a nuestra aventura.

Blake le dio un golpecito suave en la nariz.

–*Tú* le pondrás fin.

–Ah, sí. Esta vez yo haré los honores –dijo Tillie–. ¿Lo haré en persona o prefieres un mensaje de texto?

Blake volvió a fruncir el ceño.

–Si alguna vez me encuentro con tu ex voy a decirle que es un cobarde patético.

Tillie no pudo evitar sentirse encantada con su comentario. Todos en el pueblo la habían apoyado en su decepción cuando Simon la dejó, pero su padre y su madrastra optaron por el camino del perdón. Su falta de rabia hacia Simon hizo que Tillie sintiera que no la escuchaban, como si no fueran conscientes del dolor tan grande que ella sintió al verse abandonada en la iglesia de aquel modo.

−¿Sabes qué? −murmuró jugueteando con el vello del pecho de Blake, como si fuera lo más fascinante que había visto en su vida−. Para mí fue una gran desilusión que mi padre y mi madrastra se negaran a enfadarse con Simon. No dejaban de repetirme que debería perdonar y olvidar, como si se hubiera limitado a cancelar una cita. Me dolió que consideraran más importante perdonarle que dejarme expresar lo herida que yo estaba. Dejé de hablar con ellos del tema porque sabía que si me veían amargada y enfadada sería una decepción.

¿Por qué le estaba contando todo aquello?

Tillie sabía perfectamente por qué. Porque la estaba escuchando con expresión preocupada, como si estuviera poniéndose en su piel y se sintiera traicionado y herido en su nombre.

−¿Estás muy unida a ellos?

Tillie había pensado siempre que sí hasta que Simon la dejó.

−Me dolió que no parecieran entender completamente lo destrozada que me quedé el día de la boda. Esperaba que se pusieran furiosos por mí. Habían volado miles de kilómetros para estar aquí y les costó mucho dinero y, sin embargo, cuando la boda se canceló se limitaron a encogerse de hombros.

Blake no solo tenía una expresión preocupada, sino que a Tillie le dio la sensación de que también había rabia en su mirada. Rabia por ella.

–Eso es horrible. Deberían haberte apoyado mejor. ¿Acaso no te conocen?

¿Qué estaba diciendo, que *él* la conocía mejor que su propia familia? Extraño. Pero agradable.

–Supongo que si estuviera realmente unida a ellos les habría contado la verdad respecto a ti y a mí. Pero no lo hice. No me sentí cómoda mintiéndoles, pero fue más fácil que admitir que estoy fingiendo estar prometida. Para ellos el matrimonio es sagrado y se llevarían un disgusto.

Blake frunció todavía más el ceño.

–¿Qué pensarán de que vivamos juntos?

–No creo que se enteren a menos que alguien del pueblo les envíe un correo electrónico para comentárselo. Solo les he contado que estamos prometidos. Están en una misión remota de Uganda. La cobertura de teléfono y de Internet es escasa, así que todavía no me han contestado. A veces pasan días o incluso semanas sin que sepa de ellos.

Blake entrelazó los dedos con los suyos y se la quedó mirando con aire pensativo.

–Nunca tuve intención de interponerme entre tu familia y tú.

–Y no lo estás haciendo –afirmó Tillie–. No soy una niña. Tengo veinticuatro años y si quiero vivir con un hombre durante unas semanas es asunto mío.

–¿No te preocupa que se lleven una desilusión al saber que no...?

–¿Que no esperara a que apareciera otro Simon que me tuviera años y años en una torre de marfil para luego irse con otra? –dijo ella–. No, gracias. He terminado con el tema boda.

–¿Y qué pasa con la tarta nupcial que tienes en la trastienda?

–La uso como terapia. Supongo que es más barato que ir al psicólogo. Cada día le clavo un alfiler a la figura de mazapán de Simon.

–¿Y eso te ayuda?

Tillie pensó en ello un instante. Resultaba curioso, pero no había vuelto a poner ningún alfiler en Simon desde que Blake se le «declaró».

–Sí y no. Todavía tengo que hacer algo con el traje de novia. Ocupa mucho espacio en el vestidor. He pensado venderlo, pero creo que sería mucho más satisfactorio cortarlo en trozos.

Blake sonrió levemente, pero enseguida volvió a adquirir una expresión seria.

–Jim Pendleton me dijo que no lo habías escogido tú.

–No, pero tenía que haberme enfrentado a la madre de Simon –murmuró ella–. Ahora me doy cuenta de que ella nunca me aceptó como futura nuera, ni tampoco el padre. Me toleraban. No puedo evitar pensar cómo se llevarán ahora con su nueva novia.

–¿Volverías con Simon si él...?

–No. Jamás.

Blake le deslizó la yema del dedo por los labios.

–Eres demasiado buena para él.

Tillie sonrió y le acarició el esternón.

–No quiero ser buena. Ahora mismo quiero ser mala.

Blake sonrió, los ojos le echaban chispas.

–Para eso estoy yo aquí, cariño.

Capítulo 7

BLAKE le recorrió el cuerpo con los labios. Todas sus hormonas se volvían locas con la forma de sus curvas. ¿Por qué había salido siempre con chicas de cuerpo de insecto pudiendo tener esto? El cuerpo de Tillie había sido siempre su fantasía secreta. El modo en que respondía a él, el modo en que se movía, el modo en que le abrazaba como si no quisiera dejarle marchar nunca. No recordaba un momento en el que el sexo hubiera sido más satisfactorio.

Ni más aterrador.

Su intención había sido mantener el control todo el rato, pero al final había hecho explosión como una bomba. Que Tillie pudiera hacerle algo así le resultaba un poco estresante. Se suponía que él era quien estaba al mando, pero cada vez que su boca se encontraba con la suya sentía que perdía el control.

Se inclinó sobre sus senos y le deslizó la lengua por el pezón derecho, mordisqueándoselo con suavidad. La sangre le latió en la entrepierna cuando Tillie exhaló un gemido y se le agarró a los hombros, como dividida entre querer más y apartarle.

Blake conocía la sensación. El conflicto entre el sentido común y un deseo tan poderoso y primitivo que tomaba el control de su cuerpo, convirtiéndole en un esclavo de sus deseos. Unos deseos que normalmente controlaba con disciplina, aunque no ahora. No con ella.

Esto era distinto. Tillie era distinta. Despertaba en él algo que hasta entonces había permanecido dormido.

Le gustaba la intimidad que suponía hacer el amor con ella. Guiarla hacia la magia del placer físico había intensificado el suyo propio. Experimentó sensaciones que nunca antes había tenido. Se había dejado llevar como nunca. No tuvo elección. Era como si el cuerpo de Tillie disparara algo en él, algo oscuro y desconocido, una fuerza que Blake no había querido ver.

Pero estaba allí, cerniéndose en su interior. La necesidad de estar cerca de alguien no solo físicamente.

Cuando Tillie le contó lo decepcionada que se sintió con su padre y su madrastra por no entender su dolor al ser abandonada, Blake sintió al instante una conexión, un lazo que no había sentido con nadie más. La sensación de que alguien más entendía la soledad y el aislamiento. Entendía el dolor que no podía borrarse con unas cuantas palabras de consuelo.

Tillie estaba cuidando de su propio dolor, pero, ¿tener una aventura con él sería la manera de borrarlo? Había dicho que ya no quería el cuento de hadas. ¿Podía creer Blake que hubiera cambiado tanto en pocos meses? Todavía tenía la tarta nupcial y el traje de novia, por el amor de Dios. Podía decir que los guardaba como parte de la terapia para superar lo de su ex, pero, ¿cómo saber si estaba diciendo la verdad? Puede que se mintiera incluso a ella misma.

Blake conocía las mentiras que la gente se decía a sí misma cuando no quería enfrentarse a las cosas. ¿Acaso no se había mentido él durante todos aquellos años respecto a su padre? Esperando y confiando en que *este* año las cosas serían distintas. Mejores. Que su padre podría salir por fin del pozo de tristeza en el que llevaba veinticuatro años ahogándose.

Pero no había sucedido. Al menos de momento, porque Blake estaba decidido a que sucediera.

Tillie le deslizó la mano por el pecho y fundió la boca con la suya en un beso apasionado que le provocó un escalofrío en la base de la espina dorsal. ¿Qué tenía la boca de Tillie que besarla resultaba tan excitante?

Con Tillie el sexo no era solo sexo. Era un descubrimiento de los sentidos, un viaje sensorial con resultados inesperados y excitantes. Blake se giró para agarrar un preservativo, pero antes de que pudiera ponérselo ella se lo quitó de las manos.

–Déjame a mí –le pidió.

Blake le acarició los brazos arriba y abajo mientras ella le colocaba el preservativo con caricias suaves que estuvieron a punto de hacerle perder el control. Luego se colocó encima de Blake y le tomó profundamente con un gemido. Empezó a montarle despacio, moviendo el cuerpo arriba y abajo y en círculos. Blake tuvo que hacer un gran esfuerzo por mantener el control.

Tillie soltó un grito agudo y luego se estremeció encima de él, disparando su propio orgasmo hasta que sus gemidos se unieron a los de ella. Finalmente Tillie se dejó caer sobre su pecho todavía estremecido.

Blake le acarició la piel sedosa de la espalda mientras disfrutaba de la sensación de sus curvas clavadas en los duros ángulos de su cuerpo.

–Sabía que el sexo estaría bien, pero nunca pensé que estaría *tan* bien –murmuró ella.

Blake levantó la mano para apartarle el despeinado cabello de la cara.

–No siempre sale así de bien.

Ella alzó la cabeza y le miró sorprendida.

–¿Incluso en tu caso?

–Sí, incluso en mi caso –respondió Blake dándose cuenta con cierto escalofrío de que así era.

Tillie se apoyó en un codo y lo miró a los ojos.

–No tengo nada con lo que poder comparar, excepto... ya sabes –se sonrojó y apartó la mirada.

Blake le levantó la barbilla con la punta de un dedo.

–No tienes de qué avergonzarte. Darse placer a uno mismo es clave para saber qué te gusta y qué no. Resulta especialmente importante para las mujeres.

Tillie apretó los labios un instante.

–Lo sé... pero es difícil sacudirse las actitudes represivas con las que te han educado. Muchas veces me preguntaba si al hacerlo no estaría rompiendo la regla de abstinencia.

–¿Eso es lo que tu ex pensaba?

–Simon no hablaba de estas cosas –afirmó ella riéndose sin ganas–. Una vez le pregunté si alguna vez se masturbaba, pero se puso a la defensiva y me dijo que no estaba bien hablar de sexo cuando él intentaba no pensar en ello.

Blake frunció el ceño.

–¿De verdad ibas a casarte con ese tipo?

Tillie se apartó de él y fue a buscar su ropa.

–Es que es difícil para alguien como tú entender mis razones para querer estar con Simon, pero...

–¿Alguien como yo? –la interrumpió Blake sacando las piernas por el otro lado de la cama.

Tillie agarró la ropa y la sostuvo contra el pecho.

–Eres un hombre guapo y de éxito y puedes tener a quien quieras. Para la gente como yo es distinto.

–No te sigo –insistió Blake–. Tienes el mismo derecho que cualquiera a una buena relación. ¿Por qué ibas a conformarte con menos?

Ella le miró fijamente.

–¿Por qué te conformas tú con relaciones sin compromiso y no buscas algo un poco más duradero?

Blake mantuvo una expresión neutra.

–No estamos hablando de mí. Estamos hablando de ti.

Tillie se puso el vestido por la cabeza sin el sujetador, alisando la tela sobre las caderas que unos minutos atrás se presionaban contra las suyas. Sus facciones se relajaron con un suspiro.

–Nunca fui una chica popular en la escuela. Hacía amigos con facilidad, pero como nos mudábamos cada pocos años tenía que dejarlos y empezar otra vez de cero.

–Eso debió ser duro para una chica tímida.

Tillie asintió con la cabeza.

–Lo fue. Conocí a Simon a los dieciséis años, y me sentía atraída hacia él porque me parecía sensato comparado con los demás chicos. No tomaba drogas ni salía de fiesta y tenía fuertes valores. Era muy conservador, sí, pero eso me gustaba de él. Es con lo que crecí, así que me resultaba familiar. Empezamos a salir juntos, luego nos convertimos en pareja y estuvimos juntos hasta el día de la boda.

–¿Cuándo te pidió que te casaras con él?

Tillie se mordió el labio inferior y apartó la mirada para recoger las braguitas del suelo.

–Cuando yo tenía veintiún años, pero no fue una declaración al uso... más bien un debate.

–¿Nunca tuviste dudas de si no sería el hombre para ti? Sobre todo teniendo en cuenta que sus padres no eran muy cariñosos contigo.

La sombra de algo parecido al arrepentimiento cruzó por su rostro.

–Al mirar atrás creo que ignoré todas las cosas que no funcionaban entre nosotros y me centré en lo que iba bien. Quería que él fuera mi alma gemela, así que solo veía las cosas que confirmaban eso y pasaba por alto lo que no –Tillie frunció los labios–. Supongo que tú no crees en eso del alma gemela.

Blake pensó en sus padres. Habían sido una pareja unida, sólida y perfectamente equilibrada que siempre sacaban lo mejor el uno del otro. Blake se preguntaba con frecuencia qué habría pasado si hubiera sucedido al revés, si su padre hubiera muerto en lugar de su madre, ¿habría sido tan duro para ella? Se levantó de la cama y se puso los pantalones.

–Si existe algo así, creo que no lo querría para mí.

–¿Por qué no?

Blake se encogió de hombros y lamentó no haber mantenido la boca cerrada.

–Porque no, ya está.

Unas tenues arrugas aparecieron en la frente de Tillie.

–¿Por lo que le pasó a tu padre cuando murió tu madre?

Blake mantuvo la expresión neutra, pero podía sentir la mirada marrón de Tillie presionando su determinación de mantener aquella parte de su vida cerrada con candado.

–Oye, creía que ibas a preparar la cena –dijo con tono ligero. Incluso fue capaz de esbozar una sonrisa.

Ella siguió sosteniéndole la mirada.

–No te gusta hablar de ella, ¿verdad?

Por supuesto que no. ¿De qué serviría hablar? Eso no había cambiado nada en veinticuatro años. Desde su punto de vista, aquel día se pusieron dos personas en el ataúd y Blake había tenido que cargar con él solo. Su padre murió con su madre y Blake tuvo que hacerse mayor de la noche a la mañana. Demasiada responsabilidad para un niño de su edad.

Y la responsabilidad continuaba en la edad adulta.

Por eso no se ataba a ningún lugar ni a ninguna persona. Porque sabía que su padre podría necesitarle en cualquier momento.

Blake no quería necesitar nunca a nadie así, como su padre a su madre. Tener un alma gemela podía sonar muy bien en la teoría, pero en la práctica era un asco si la otra persona te dejaba o se moría.

Blake era el que terminaba siempre las relaciones, las empezaba y las terminaba sin remordimiento.

Pero había algo en la mirada de Tillie que le caló. Era directa y dulce al mismo tiempo, como si supiera lo doloroso que era su pasado y al mismo tiempo estuviera decidida a que lo aireara como si fuera un jersey húmedo guardado al fondo del armario. Blake dejó escapar un largo suspiro.

–No. No me gusta.

Tillie se acercó para sentarse en la cama justo enfrente de él y le miró con aquellos ojos de cervatillo.

–Me he preguntado muchas veces si es más duro perder a una madre a la que nunca conociste o a una que conociste y querías –dijo.

Blake pensó en lo que Tillie acababa de decir y se dio cuenta de que debió perder a su madre incluso más pronto que él.

–Es duro en ambos casos –respondió. Al menos yo

tengo algunos recuerdos. ¿Tú tienes alguno de tu madre?

Tillie esbozó una sonrisa cargada de tristeza y tiró distraídamente de la colcha de la cama.

–Murió horas después de darme a luz. Sé que suena un poco raro porque no tengo ningún recuerdo de ella, pero la echo de menos. Echo de menos el concepto de madre. Mi madrastra es maravillosa y todo eso, pero ella no puede hablarme de qué sintió al llevarme dentro nueve meses. Ni qué sueños y esperanzas tenía respecto a mí cuando estaba embarazada. Nadie puede hacer eso excepto mi madre. Cuando se acerca el Día de la Madre siento que me falta algo. En la escuela era horrible porque hacíamos regalos para ese día. Yo era la única que no tenía madre. Siempre hacía algo que dejaba sobre su tumba, aunque no la visitaba mucho. Creo que para mi padre era difícil. Supongo que es comprensible.

–¿No tuviste hermanos cuando tu padre se casó con tu madrastra?

–No. Mi madrastra no podía tener hijos –respondió Tillie–. Agradeció mucho la oportunidad de poder cuidar de una niña pequeña. Estoy segura de que se enamoró de mí antes que de mi padre.

–¿Siguen siendo felices?

–Sí –afirmó–. Tienen mucho en común. Los dos son personas de una gran fe y les encanta trabajar en misiones en el extranjero.

Se hizo un breve silencio.

–Yo no pude arrancar a mi padre de la tumba de mi madre la primera vez que la visitamos después del funeral –aseguró Blake–. Después de eso no fui muchas veces con él. No podía soportar verle tan angustiado. Cuando fui lo bastante mayor para conducir iba solo. Me sentía culpable por ello. Sigo sintiéndome culpable por ello, pero no podía evitarlo. Cada cumpleaños, cada Navidad, cada aniversario, cada excusa que se le ocurría me pedía que fuera con él. Había ido de pensar que lo ayudaría, pero tenía mis dudas.

Tillie se levantó de la cama y deslizó una mano en la suya.

—No debería sentirte culpable. Hiciste todo lo que pudiste para apoyarle. Además, solo eras un niño. Y tener que mantenerte fuerte todo el rato no habría ayudado a tu propio proceso de duelo.

—No —dijo Blake registrando vagamente lo bien que se sentía al poder hablar tan abiertamente de algo que había tenido bloqueado durante tanto tiempo—. No ayudó. No podía mencionar a mi madre sin provocar en mi padre una tremenda tristeza en la que se hundía durante días, semanas incluso. En cierto modo me forcé a no pensar en ella. Era como si nunca hubiera existido.

Tillie se acercó más de modo que la parte delantera de su cuerpo rozó el suyo y le rodeó la cintura con los brazos.

—Gracias por hablarme de ella.

Blake la estrechó entre sus brazos y apoyó la barbilla en su coronilla.

—Me ha sentado bien. Hacía mucho tiempo que no hablaba con nadie de ella, incluido mi padre.

Ella echó la cabeza hacia atrás para mirarle.

—¿Sabe que estás intentando comprar McClelland Park para él?

—No, quiero que sea una sorpresa —confesó Blake—. No quería que se hiciera ilusiones por si luego no sale. Pero creo que será clave para su completa recuperación. Nunca se perdonó haber perdido ese lugar.

Si lo recupera, confío en que pueda seguir adelante con su vida.

Tillie le acarició la mandíbula.

–Espero que el señor Pendleton te la venda. No tiene ningún heredero directo porque su única hija murió a los dieciséis años en un accidente de coche con su novio. Tiene un par de sobrinos pero nunca van a visitarle. Voy a intentar convencerle de que tú eres la única persona a la que debería venderle McClelland Park.

–Esperemos que esté de acuerdo, en caso contrario todo esto habrá sido en balde –afirmó él.

Algo cruzó por las facciones de Tillie y aflojó un poco los brazos alrededor de su cintura como si quisiera retirarse un poco.

–¿Todo esto? ¿Te refieres a... nosotros?

Tal vez podría haber escogido mejor las palabras, pero una parte de él estaba preocupada por haber sobrepasado los límites. Blake la soltó y dio un paso atrás para dejarle un poco de espacio... o para dárselo a sí mismo.

–No puedo evitar sentir que al final eres tú la que va a salir perdiendo.

–¿Por qué piensas eso? –preguntó Tillie–. Estamos de acuerdo con las condiciones. Tú has pagado mis deudas y yo fingiré ser tu prometida durante un mes y solo un mes. Lo único que he perdido ha sido la virginidad, y eso es exactamente lo que quería perder.

Blake observó su rostro durante un largo instante. Su mirada era clara y sincera, tenía la expresión abierta y confiada. ¿Y si se estaba preocupando por nada? Entonces, ¿por qué sentía aquella irritante incomodidad?

–¿Y si te enamoras...?

–¿Te estás escuchando? –dijo ella riéndose–. ¿Todas las mujeres con las que tienes una aventura se enamoran de ti?

–No, pero...

–Entonces no tienes que preocuparte por mí –Tillie le miró con picardía–. O tal vez no soy yo quien te preocupe, sino tú mismo.

Blake soltó una carcajada con su propia versión de «eso es imposible», pero de alguna manera no sonó tan convincente como la de Tillie.

Capítulo 8

TILLIE y Blake disfrutaron de la cena juntos en el comedor con Trufa sentada al lado de Blake para que le diera algún trocito. No habían vuelto a tocar el tema de la preocupación de Blake por que se enamorara de él durante el transcurso de su corta aventura. Tillie estaba muy orgullosa del modo en que había manejado su preocupación con una broma que le había devuelto la pelota a él.

Blake le gustaba. Le gustaba mucho. Era un compañero de escarceo perfecto: amable, divertido, generoso, sexy e inteligente. Pero se estaba protegiendo para no enamorarse de él. Blake no estaba interesado en el compromiso y ella tampoco. Había pasado muchos años de su vida en una relación que creía auténtica y que se desmoronó cuando menos se lo esperaba.

¿O sí se lo esperaba?

Era una idea inquietante, pero una parte secreta de Tillie no se sorprendió en absoluto cuando recibió el mensaje de Simon justo cuando llegó a la iglesia. ¿Acaso no había sentido durante semanas, durante meses, que se estaba alejando de ella? Pero Tillie continuó obstinadamente con los preparativos de la boda, ignorando el hecho de que Simon no estuviera tan implicado en los planes como antes. Que pasara más tiempo en casa de sus padres que con ella en la cabaña. Que siempre tuviera prisa. Todas las claves estaban ahí, pero se había negado a verlas. Durante los tres últimos meses había estado enfadada con él por dejarla, pero ahora estaba enfadada consigo misma por haber dejado que las cosas llegaran tan lejos sin hablar.

Pero esta vez no era así.

Esta vez Tillie y Blake estaban de acuerdo respecto a su aventura. Un mes, nadie iba a salir escaldado. Los dos ganaban con el acuerdo, y a pesar de la preocupación de Blake, no habría un ganador ni un perdedor cuando tocara a su fin.

Pero cuando Blake se acercó para rellenarle la copa de vino, hubo algo en el modo en que su mirada gris azulada se clavó en la suya que le dio un vuelco al corazón. Le miró las manos, aquellas manos inteligentes que habían explorado cada centímetro de su cuerpo, y el vientre se le agitó como la brisa moviéndose sobre las páginas de un libro abierto. Apretó las rodillas bajo la mesa.

Blake debió ver algo en su expresión, porque dejó la botella de vino y la miró con el ceño fruncido.

—¿Qué pasa, cariño?

—Nada.

Blake siguió con el ceño fruncido y le tomó la mano para acariciársela.

—¿Seguro?

Tillie sintió un escalofrío ante su contacto.

—¿Sabes qué? Simon siempre me llamaba «querida». Como si fuéramos una pareja de ancianos o algo así. No me gustaba nada, pero por alguna razón nunca se lo dije. Es muy triste, la verdad.

Blake le acarició cada tendón de la mano.

—¿Por qué sentías que no podías expresarte con él?

Tillie se encogió de hombros.

—Supongo que en el fondo me preocupaba que me dejara, así que me cerré. No voy a cometer el mismo error en mis futuras relaciones. Si algo me preocupa lo pienso decir.

—¿Te molesta que yo te llame cariño?

—No —afirmó ella—. Me gusta. Y además, tienes que sonar convincente si hay gente alrededor, así que supongo que es buena idea seguir haciéndolo.

Blake se levantó de la mesa y empezó a retirar los platos.

—¿Por qué no llevas a Trufa a dar un paseo? Yo me uniré a vosotras cuando haya terminado de recoger.

Trufa se levantó del suelo a toda velocidad y empezó a dar vueltas sobre sí misma como si supiera de qué estaban hablando.

La luna era como una bola dorada que brillaba sobre el lago. Una suave brisa arrugaba la superficie del agua y a lo lejos ululaba un búho. Tillie escuchó a una raposa aullando para encontrar un compañero. Trufa tenía el hocico en el suelo y la cola en alto mientras seguía el rastro en el jardín, y Tillie la siguió para no perderla de vista. Tras unos minutos, Tillie escuchó los pasos de Blake en el sendero de gravilla y luego lo oyó avanzar por el césped verde aterciopelado.

Se giró para mirarle con el corazón otra vez acelerado. Tenía las mangas enrolladas hasta el codo por haber estado recogiendo la cena, y parecía que se hubiera pasado las manos por el pelo porque parecía más alborotado que antes. Se acercó a ella y se puso a su lado, rozándole el brazo con la manga de la camisa. Apenas fue un leve roce, pero Tillie sintió como si hubiera una corriente eléctrica entre su cuerpo y el suyo.

–Hay mucha calma a esta hora de la noche –dijo Blake mirando la luz de la luna brillar sobre el lago.

–Sí... me va a resultar duro marcharme cuando llegue el momento –afirmó ella.

Y se arrepintió al instante debido al silencio que se hizo entonces. ¿Pensaría Blake que estaba buscando una invitación para quedarse de forma indefinida, que quería que su aventura continuara?

«Pero tú no quieres que continúe».

Levantó enseguida una barrera delante de aquel pensamiento. No quería las mismas cosas que antes. Era una mujer distinta. Una mujer soltera y encantada de estarlo. Una mujer que abrazaba su lado pasional sin las restricciones del matrimonio y el compromiso. Su aventura no había hecho más que empezar. Todavía les quedaban otro par de semanas para explorarse el uno al otro. Pero cuando llegara el momento de terminar, ella seguiría adelante como habían acordado.

Blake se giró y la miró.

–¿Qué planes tienes cuando te vayas de aquí?

Tillie se negó a reconocer la punzada de desilusión que sus palabras le provocaron. No tenía derecho a sentirse desilusionada porque no le hubiera hecho la invitación de quedarse en la mansión todo el tiempo que quisiera.

–No lo he pensado todavía –reconoció–. Me mudé aquí porque la asistenta del señor Pendleton se jubiló cuando a él le dio el ataque y yo tuve que salir de la cabaña de los padres de Simon a toda prisa. Nunca me lo tomé como algo a largo plazo

–¿Y qué va a hacer con Trufa si se va a vivir a una residencia?

Tillie miró a la perra, que estaba entretenida persiguiendo una polilla.

–No lo sé... no he hablado de eso con él. Le encanta esta perra, pero no creo que pueda cuidar de ella ahora que está tan frágil.

La perra se acercó a Blake y él se inclinó para acariciarle las orejas.

–Debe ser duro hacerse viejo y perder el control de las cosas que son importantes para ti –afirmó.

–Muy duro. Creo que esa es la razón por la que el señor Pendleton están tan malhumorado ahora. Está intentando hacerse a la idea de las limitaciones que conlleva la edad.

Tillie se frotó los antebrazos para contener un escalofrío provocado por la fresca brisa que se había levantado.

–¿Tienes frío? –le preguntó Blake acercándose para rodearla con sus brazos.

–Ahora estoy más calentita –respondió ella con una sonrisa–. Mucho más.

Los ojos de Blake brillaron bajo la luz de la luna.

–Entremos y te garantizo que vas a tener todavía más calor.

Y así fue.

Blake se levantó temprano a la mañana siguiente y se llevó a Trufa a dar un largo paseo para que Tillie tuviera tiempo de prepararse para ir a trabajar. Dio una vuelta por el lago y luego se dirigió al olmo en el que había grabado sus iniciales tantos años atrás. Recorrió con los dedos las infantiles letras, profundamente grabadas en el tronco, y recordó el dolor tan grande que había sentido cuando las hacía. Un dolor que todavía sentía y seguiría sintiendo hasta que le devolviera a su padre la casa que le pertenecía.

La preocupación de dónde viviría Tillie cuando él recuperara la mansión le había mantenido despierto la noche anterior. No quería arrojarla a la calle ni nada por el estilo, pero tampoco quería darle la impresión de que la historia que tenían pudiera llegar a ser algo más. Ella seguía insistiendo en que estaba encantada con que fuera una aventura a corto plazo, pero, ¿dónde iría después? Su negocio de decoración de tartas estaba en el pueblo, pero allí no había buenas oportunidades de alquiler. Blake lo había comprobado por sí mismo cuando fue por primera vez a inspeccionar el territorio a principios de mes. Estaba la posada, pero Tillie no querría quedarse allí de modo indefinido.

Blake dejó que su mente buscara más posibilidades. Cuando fue a cerrar su cuenta el otro día a la posada, Maude Rosethorne mencionó de pasada algo sobre la jubilación. La posada sería un lugar perfecto para que Tillie viviera y trabajara. La planta superior podía ser su espacio habitable y la inferior se podría dividir en cocina y mostrador de la tienda con dos habitaciones en las que montar un saloncito de té con chimenea. Era la solución perfecta. ¿Y si compraba la posada y se la regalaba a Tillie como gesto de buena voluntad? ¿Un regalo de fin de aventura?

«Querrás decir un regalo para calmar tu conciencia».

En aquella ocasión no estaba escuchando a su conciencia. Era una cuestión de sentido común. Tenía sentido desde el punto de vista empresarial. Tillie podría expandir su negocio y quedarse en el pueblo en el que era conocida y donde todo el mundo la quería. No tendría que preocuparse de tener que ir a hornear a otro sitio por problemas de espacio.

¿Por qué no se le habría ocurrido antes? Sin embargo, debía ser cuidadoso a la hora de abordar el tema. Tillie tenía una vena de orgullo obstinado que él en el fondo admiraba.

No, esperaría a que hubiera una oportunidad adecuada para sacar el tema con ella y a partir de ahí abordaría el asunto.

Como era verano, Tillie tenía muchos encargos de tartas nupciales. Eso significaba que tendría menos tiempo para estar con Blake durante la semana siguiente, porque le iba a tocar trabajar por la noche en alguna de las intrincadas decoraciones y porque quería seguir visitando al señor Pendleton todo lo que pudiera. Le resultaba frustrante, porque sabía que podría manejar mejor su horario laboral si tuviera más espacio, pero su plan de expandir el negocio para incluir un salón de té tuvo que ser cancelado por las deudas que contrajo tras la cancelación de la boda.

Pero en lugar de sentirse incomodado, Blake se dedicó a hacer cosas en la casa. Había instalado una oficina y desde allí trabajaba, pero también pasaba tiempo arreglando cosas que necesitaban mantenimiento dentro de la casa o en la propiedad. Cuando Tillie volvía a casa cada noche después del trabajo se encontraba la cena preparada y a una Trufa agotada por haber hecho mucho ejercicio.

Y tras el cuarto y último día de quedarse a trabajar hasta tarde, Tillie agarró la copa de vino con la que Blake la recibió, se dejó caer en la silla más cercana y le dio tres generosos tragos.

—Algún día serás un marido maravilloso para alguna chica afortunada. No me refiero a mí, obviamente, porque yo no estoy en el mercado de buscar marido. Pero cocinas, limpias, se te dan bien los perros y arreglas las cosas rotas.

Ups. Tal vez no debería beber con el estómago vacío.

Blake esbozó una sonrisa que no le llegó a los ojos.

–Eso no va a pasar.

Tillie le dio un nuevo sorbo a la copa, esta vez con mucho más cuidado.

–Me he deshecho de mi tarta nupcial.

–¿De verdad?

–Sí. Estoy bastante orgullosa de mí misma, la verdad –se levantó de la silla para agarrar un vaso de agua–. Lo siguiente será mi vestido de novia. Una de las novias que vino hoy a encargar una tarta se ha mostrado interesada. Tal vez incluso le saque algo de dinero. ¿Quién lo iba a decir?

Cuando Tillie se dio la vuelta tras llenar el vaso de agua en el grifo, Blake estaba apoyado en el banco que había al otro lado de la cocina y la miraba fijamente. Ella le dirigió una sonrisa radiante.

–¿Ocurre algo?

–¿Qué planes tienes para tu negocio?

–¿Planes?

–¿Tienes algún plan de expansión para aumentar tu margen de beneficios?

Tillie volvió a dejar el vaso de agua en el fregadero.

–A veces me asusta tu capacidad para leerme el pensamiento.

–¿Qué te gustaría hacer con la tienda?

¿Debería contarle los sueños y esperanzas que albergaba para su negocio? ¿Por qué no? Era un hombre de negocios inteligente. Tal vez podría darle algunos consejos para sacar el máximo partido a su actual posición, por muy limitada que fuera.

–Por un lado me gustaría que fuera más grande. Y quisiera tener un salón de té pegado para que cuando la gente viniera a comprar pasteles pudiera sentarse también a comer o a tomar un té de calidad.

–¿Qué te impide llevar a cabo esos planes?

Tillie suspiró.

–Una palabra que empieza por «D».

–¿Dinero?

–Sí.

–Yo podría ayudarte con eso –aseguró Blake.

Tillie parpadeó.

–¿Disculpa?

Blake se apartó del banco y se acercó a ella.

–Maude Rosethorne quiere vender la posada. Hablé con ella sobre el tema el otro día. Sería un gran local para tu negocio.

–¡No puedo permitirme un sitio tan grande! –exclamó Tillie–. No podría pagar la hipoteca. Apenas me llega actualmente.

–No estoy diciendo que pidas una hipoteca.

Ella se humedeció el labio inferior, que de pronto sintió seco como la harina.

–¿Qué estás diciendo entonces?

La expresión de Blake era tan ilegible como la pared que tenía detrás.

–Yo la compraría para ti.

Tillie abrió tanto la boca que pensó que se le iba a caer la mandíbula al suelo.

–¿Qué?

El rostro de Blake seguía sin mostrar nada. De hecho parecía todavía más inescrutable, como si tuviera todos los músculos congelados.

–Sería un regalo por...

–¿Por? –Tillie recalcó la palabra.

–Por favor, piensa en ello –a Blake se le relajó algo de tensión del rostro–. Tú me estás haciendo un gran favor ayudándome a recuperar la casa de mi familia y yo quiero corresponderte.

–No –Tillie se trasladó al otro lado de la cocina, se cruzó de brazos y le miró fijamente–. ¿Estás de broma? ¿Qué va a pensar la gente?

–Pueden pensar lo que quieran –afirmó él–. No tienes que decirles que yo te la he comprado.

Tillie soltó una carcajada despectiva.

–No hará falta, porque Maude y sus amigas se lo contarán a todo el mundo. Será la comidilla del pueblo. Todos dirán que me pagaste después de terminar nuestra relación como si fuera tu amante y quisieras quedar bien. No, gracias. Expandiré mi negocio cuando pueda hacerlo y con mi propia financiación.

Aunque en aquel momento su financiación era cercana a cero.

Blake atravesó la cocina para tomarla de los antebrazos y le masajeó la tensión que tenía acumulada allí.

–Eh.

Tillie apretó los labios y le miró con ojos entrecerrados.

–Ni si te ocurra pensar en comprarme joyas o una casa de vacaciones en la Bahamas, ¿de acuerdo? Eso es todavía peor.

Los ojos de Blake estaban imposiblemente oscuros mientras le mantenía la mirada, su cuerpo tan cercano que podía sentir el latido eléctrico llamándola como una señal de sonar.

–¿Hay algo que quieras?

«Te quiero a ti».

Tillie descruzó los brazos y se los pasó a él por el cuello.

–Vamos a poner a prueba esa capacidad tuya para leer el pensamiento, ¿quieres?

Una sonrisa lenta asomó a las comisuras de Blake.

–¿Conoces ese dicho sobre salir de la cocina si no puedes aguantar el calor?

Ella sintió una suave punzada en el vientre.

–Sí.

Blake la levantó del suelo y la puso sobre el banco, abriéndole las piernas para poder colocarse entre ellas.

–Estoy a punto de subir la temperatura. ¿Crees que puedes soportarlo?

–Ponme a prueba.

Blake clavó la boca en la suya en un beso apasionado que le provocó fuego líquido en el interior del cuerpo. Sus manos le quitaron la camiseta por la cabeza antes de desabrocharle el sujetador y tirarlo también al suelo. La cruda urgencia de su acción la entusiasmó más que la lenta y tierna sensualidad de su anterior acto amoroso. Las manos de Blake le amasaban los senos y luego se los besó con la boca. Su lengua y sus labios obraron maravillas en sus sentidos hasta que Tillie gimió y empezó a arrancarle la ropa. Un deseo salvaje le atravesó el cuerpo, un deseo que exigía inmediata satisfacción.

La boca de Blake se cerró sobre el pezón y la aureola, succionando de un modo que producía placer y a la vez dolor. Luego se dirigió al otro seno y lo sometió a la misma y deliciosa atención antes de volver a la boca. La lengua de Blake se encontró con la suya y establecieron un baile sensual.

Tillie se desabrochó a toda prisa el cierre del pantalón y le dejó al descubierto la cremallera para poder tomarlo con las manos. Él le levantó la falda y le apartó las braguitas para poder tocarla íntimamente. Tillie estaba tan excitada que estuvo a punto de alcanzar el orgasmo allí mismo. Tenía el cuerpo húmedo y hambriento, vacío y anhelando la presión y la fricción del cuerpo de Blake.

Él volvió a colocarla sobre el banco y la giró, de modo que Tillie le daba la espalda. Ella se agarró al extremo del banco mientras Blake se ponía un preservativo. Todas las células de su ser estaban agitadas en la cuenta atrás del contacto íntimo.

Blake entró en ella desde atrás, la fuerza húmeda de su erección la dejó sin aliento y le provocó un escalofrío en la cara posterior de las piernas. Sus movimientos crecieron una urgencia, pero Tillie le siguió el paso todo el rato. Aquel ritmo impactante y primitivo le hablaba a su piel de un modo que nunca creyó posible. El orgasmo llegó con tal fuerza que tuvo que reprimir un grito cuando las sensaciones la catapultaron hacia un remolino de energía. Los espasmos siguieron y siguieron cada vez más profundos y ricos, extendiéndose por cada rincón de su cuerpo en oleadas cada vez más crecientes como una piedra lanzada a un lago. También sentía la piel electrificada, como si le hubieran colocado miles de pequeños electrodos que le ponían la piel de gallina.

Blake emitió un gemido profundo y gutural y se vació, agarrándole las caderas con las manos con tanta fuerza que Tillie creyó que le iba a dejar marcas en la piel. Aflojó la presión cuando la tormenta hubo pasado para él y la giró para poder mirarla. Seguía respirando con agitación y sus ojos emitían un brillo sexy de satisfacción.

—Nunca dejas de excitarme.

Tillie jugueteó con uno de los oscuros rizos de su nuca.

–A ti tampoco se te da mal excitarme a mí.

Blake le rozó la boca con la suya.

–¿Estás lista para cenar o quieres hacer algo antes?

–Solo esto –dijo ella atrayéndole la boca hacia la suya.

Blake no supo qué le despertó más tarde aquella noche. Miró a Tillie, que estaba a su lado completamente dormida con una mano apoyada en el pecho de Blake y la cabeza hundida en su cuello. Estaba soñando y de pronto se despertó sobresaltado, pero no podía recordar el contenido del sueño. Solo tenía una vaga sensación de incomodidad, como si un fantasma de cientos de años de antigüedad se hubiera deslizado entre las paredes y le hubiera puesto una mano fría en el cuello.

La vieja casa crujía a su alrededor. El sonido le resultaba familiar y al mismo tiempo extraño.

O tal vez fuera la sensación de frustración que todavía sentía porque Tillie no hubiera aceptado su oferta de la posada lo que perturbaba su sueño.

Ya había hablado con Maude Rosethorne sobre comprarla... aunque por suerte no había dicho ni una palabra de cuáles eran sus motivos. Solo le había hecho una oferta para que pensara en ella. Pero Maude no tardaría mucho en unir los puntos cuando llegara el momento de poner fin a su aventura con Tillie.

¿Qué problema tenía Tillie?

Era un gesto generoso por su parte que no implicaba ninguna atadura. Era un regalo para ella. ¿Por qué no lo aceptaba y lo dejaba estar?

Volvió a mirarla y le apartó con cuidado un mechón de pelo de la boca. Tillie murmuró suavemente y se pasó la mano por la cara como si estuviera quitándose algo que le molestara.

Blake había pasado la noche entera con alguna de sus amantes con anterioridad. Muchas veces. No era tan frío y aséptico con los límites de una aventura como para no ser capaz de compartir cama con una compañera sexual. Pero ninguna de ellas había despertado en Blake el deseo de abrazarlas toda la noche. Normalmente, a medida que avanzaba la aventura también lo hacía la distancia entre ellos en la cama. Era una forma sutil de indicar que su tiempo juntos estaba tocando a su fin.

Pero sin saber cómo, con Tillie se estaba acercando más en lugar de alejarse. De pronto se encontraba abrazándola por la espalda o con las piernas enredadas en las suyas y la cabeza de ella apoyada en su pecho y él abrazándola. Cada vez que Tillie se movía notaba una extraña sensación de inquietud... como si le faltara algo.

Tillie abrió de pronto los ojos y se acurrucó contra él como un gatito en busca de caricias.

—¿Qué hora es? —su voz tenía un tono adormilado que le hizo hervir la sangre.

—Demasiado pronto para levantarse.

Ella le deslizó la mano del pecho a la entrepierna.

—Parece que ya estás despierto —dijo con una sonrisa pícara.

—Hemos utilizado el último preservativo —se lamentó Blake—. Tenía intención de comprar más de camino a casa pero se me olvidó.

¿Cómo era posible que hubiera utilizado tantos en la última semana? Normalmente a aquellas alturas de la aventura le quedaban muchos por gastar.

–Podríamos hacerlo sin preservativo –afirmó ella–. Tomo la píldora y estamos en exclusiva... ¿verdad? Y ninguno de los dos tiene ninguna enfermedad contagiosa.

Blake había visto una caja de pastillas anticonceptivas en el armarito del baño. Se sintió un poco mal por comprobar todos los días si se la tomaba, pero tenía que estar seguro de que Tillie era sincera con él respecto a lo que quería. Una parte de él se preocupaba de que estuviera tan cerrada. El abandono de su ex le había hecho mucho daño. Muchísimo. Era lo normal. El peor rechazo que se podía imaginar era ser abandonada el día de la boda que llevabas planeando durante tanto tiempo.

Pero, ¿y si Tillie solo le estaba diciendo lo que quería oír? ¿Y si detrás de aquella actitud tan fría respecto a su aventura se escondiera el anhelo secreto de convertirla en algo más?

En algo más duradero...

Ella frunció de pronto el ceño.

–¿Por qué me miras así?

Blake suavizó la expresión.

–¿Cómo te miro?

–Como si estuvieras enfadado conmigo o algo así.

Él esbozó una sonrisa radiante y le colocó un mechón de pelo detrás de la oreja.

–No estoy enfadado contigo. Todo lo contrario.

Tillie se mordió el labio inferior como si estuviera meditando sobre algo.

–¿Lo has hecho alguna vez sin preservativo?

–No.

–¿Nunca?

–No –insistió Blake–. Soy un obseso del control.

Ella le deslizó la yema del dedo por la clavícula con la vista clavada en el recorrido del dedo.

–Si no quieres hacerlo no pasa nada. Podemos esperar a mañana.

Blake no quería. La deseaba tanto que no le hubiera importado que no se tomara alguna de las píldoras que le correspondían. Que no se hubiera tomado ninguna. En aquel momento la deseaba como nunca había deseado a nadie antes. Era un fuego en la sangre. Una fiebre que no podía curarse. Dio la vuelta a Tillie de modo que la colocó debajo de él y ella contuvo un gemido de sorpresa cuando su erección se apoyó contra su pubis.

–Lo siento, ¿te estoy presionando? –le preguntó Blake.

Ella le agarró de las nalgas y lo atrajo hacia su húmedo calor.

–Te deseo.

–Yo también te deseo a ti. Mucho –murmuró él hundiéndose entre sus pliegues húmedos y sedosos con un gruñido.

Tillie le rodeó el cuerpo con las piernas y Blake se movió con ella en una búsqueda frenética de satisfacción. La sangre le corría por las venas a toda velocidad por la excitación de estar lo más cerca posible que se podía estar de otra persona. Deslizó la mano entre sus cuerpos y encontró su piel henchida. En cuestión de segundos Tillie hizo explosión en un orgasmo que le catapultó a él al abismo...

Blake perdió la noción del tiempo. Podrían haber pasado segundos, minutos o incluso media hora desde que alguno de los dos dijera algo. Él estaba todavía asombrado por las sensaciones que le atravesaban. Hacer el amor con Tillie era cada vez mejor. Más satisfactorio. Más excitante.

Más... todo.

Ella le deslizó un dedo indolente por el esternón,

–¿Blake?

–¿Mmm?

–Fue un detalle bonito por tu parte querer comprar la posada de Maude –dijo–. Un detalle precioso.

–Pero no lo has aceptado –aseguró él con firmeza.

Tillie alzó la mirada hacia él.

–Ya he aceptado muchas cosas de ti. El dinero con el que pagaste mis deudas. Este anillo tan caro que llevo.

Blake le acarició la frente.

–No quiero que te sientas explotada cuando esto acabe.

Los labios de Tillie buscaron los suyos.

–¿Y si el señor Pendleton tarda más de lo que esperas en cambiar de opinión respecto a vender? ¿Y si nuestra situación se alarga más de lo pensado?

Blake era muy consciente de que las cosas no estaban saliendo según el plan. El anciano no era fácil de convencer. Blake estaba convencido de que anunciar su compromiso con Tillie sería suficiente para sellar el trato, pero de hecho había complicado las cosas. Mucho. Habían pasado casi dos semanas y el viejo no se había pronunciado. Una semana más o dos más podrían mejorar la negociación, pero también cimentar más el lazo que se estaba creando entre Tillie y él. Un lazo que normalmente él no formaba con nadie. Un lazo que no sería fácil deshacer cuando llegara el momento de seguir adelante. No era solo un lazo de amistad y mutua admiración, sino una conexión íntima que no había sentido nunca con nadie hasta el momento.

Sentía su contacto en lugares a los que nadie había llegado nunca. Era como si le apuntara directamente al pecho con su mano suave, a la membrana del corazón. Podía sentirlo también justo en aquel momento. Una presencia. Un peso. Cada vez que respiraba era como respirar con ella.

–Ya veremos cómo transcurre el resto del mes y luego actuaremos –dijo Blake–. A menos que ya te hayas aburrido...

Tillie se rio suavemente y se acurrucó más contra él.

–Todavía no, pero ya te avisaré.

Capítulo 9

TILLIE estaba atendiendo a uno de sus clientes habituales en la pastelería cuando entró Marilyn, la madre de Simon. Tillie mantuvo una sonrisa profesional y educada y se aseguró de que se le viera bien el anillo de compromiso cuando puso la mano sobre el mostrador.

–Hola, Marilyn, ¿qué te sirvo?

–No estoy aquí para comprar nada –afirmó la otra mujer–. Solo quería... ver cómo estabas.

–Bueno, pues ya ves que estoy muy bien –aseguró Tillie–. Pero es muy amable por tu parte pensar en mí y tomarte un tiempo para pasarte por aquí.

«Después de haberme privado de tu repulsiva presencia durante casi cuatro meses».

Marilyn trató de sonreír, pero solo le salió un movimiento de labios que parecía un hilo tirante.

–¿Has estado en contacto con Simon recientemente?

–No. Ningún contacto. Pero es mejor así, sobre todo ahora que estoy prometida y...

–Lo que te hizo no estuvo bien, Tillie –la interrumpió Marilyn apretando el bolso contra el vientre–. Fue algo terrible e imperdonable. Debería haberte dicho algo antes. Pero lo cierto es que... siempre pensé que no era adecuado para ti. Por eso no apoyé vuestra relación. Seguramente te hizo daño que fuera tan fría y distante, pero pensé que finalmente te darías cuenta de que podrías encontrar a alguien mucho mejor que Simon.

¿Alguien mejor que su precioso y perfecto hijo?

Tillie no tenía muy claro si estaba escuchando bien. ¿De verdad estaba disculpándose?

–Mira, es muy amable por tu parte el...

–Me alegro de que hayas encontrado a alguien –afirmó Marilyn–. Por lo que he oído, Blake McClelland parece el marido perfecto, y al parecer está locamente enamorado de ti. Me alegro por ti, querida. Me preocupaba que terminaras sola y llorando por Simon el resto de tu vida.

Aquello no resultaba muy halagador.

No había pensado en Simon desde hacía semanas. Apenas recordaba su aspecto.

–Blake es un hombre maravilloso y tengo mucha suerte de que haya aparecido cuando lo hizo.

¿Acaso no era verdad? Su vida era completamente distinta ahora que Blake formaba parte de ella. Sonreía más, se reía más. Sentía más. Cosas que nunca antes había sentido. No solo en el terreno sexual, sino en todo. Cosas que no podía describir con facilidad.

La expresión de Marilyn se volvió amarga.

–Cuando pienso que tú podrías haber sido mi nuera en lugar de... de... esa criatura que Simon conoció por Internet... y ahora la ha dejado embarazada, ya no podrá librarse de ella. La mujer quiere un anillo en el dedo y una boda a lo grande.

Tillie esperaba quedarse impactada, incluso un poco triste al saber que Simon iba a ser padre. Pero... no sintió nada. Era como si Marilyn estuviera hablando de un desconocido. Alguien que nunca hubiera pasado por su vida.

–Pero será estupendo para ti tener un nieto, ¿no?

Los ojos de Marilyn se llenaron repentinamente de lágrimas.

–Oh, Tillie, ¿cómo puedes ser tan... comprensiva con este asunto? Sé que tu padre y tu madrastra te educaron para ser amable y generosa, pero seguro que no es sano aceptar esto con tanta calma. Si no estuvieras tan feliz con Blake te rogaría que volvieras e intentaras hacer entrar en razón a Simon. Pero supongo que eso no es posible, ¿verdad?

Tillie sintió una ligera punzada en la conciencia. Era demasiado feliz con Blake. Peligrosamente feliz.

–No, no es posible.

Poco después de que Marilyn se marchara, Tillie vio que por fin le había llegado un correo electrónico de su padre y su madrastra. Abrió el mensaje y se encontró con el boletín mensual que enviaban a todos sus amigos y una breve nota dirigida a ella al final de todo en la que la felicitaban brevemente por su compromiso y expresaban su alegría por la capacidad de perdón de Tillie y su determinación para seguir adelante.

Tillie se quedó mirando el mensaje durante un largo instante. Así que el punto principal para ellos seguía siendo que hubiera perdonado a Simon. ¿No querían saber más de Blake? ¿Lo feliz que la hacía, lo viva que se sentía con él? ¿No querían volver corriendo a casa para conocerle? ¿No era la felicidad de Tillie lo más importante del mundo para ellos? Sabía que los problemas con los que lidiaban su padre y su madrastra en Uganda no eran trivialidades. Eran asuntos de vida o muerte y ella no tenía por qué sentirse dolida si no mostraban más interés en lo que estaba sucediendo en su vida. Pero se sentía muy sola.

Un poco más tarde aquel mismo día, Tillie se fue

con Trufa a ver al señor Pendleton después del trabajo. Blake le había mandado un mensaje de texto diciéndole que tenía que ocuparse de unos asuntos de trabajo y que la vería más tarde en casa. Le prometió que la llevaría a cenar fuera para que no tuviera que cocinar.

El señor Pendleton estaba sentado en una mecedora en su cuarto y miraba sin ningún interés por la ventana. Pero la cara se iluminó al instante cuando la vio entrar con Trufa.

—Ah, mis dos chicas favoritas —acarició las orejas de la perra y luego miró a Tillie—. Vaya, vaya, vaya. Últimamente tienes un brillo especial.

El único brillo del que Tillie era consciente era del que en aquel momento le hacía arder las mejillas.

¿Podría saber el señor Pendleton que aquella misma mañana había tenido una sesión de sexo apasionado con Blake en la ducha y todas aquellas horas después todavía le temblaba el cuerpo?

—¿Ah, sí?

—Sí. Parece que el compromiso sigue en pie, ¿verdad?

—Sí. Somos muy felices. Blake es una persona muy divertida y se porta de maravilla con Trufa. Se la lleva a dar largos paseos y recoge los platos después de cenar. Y ha arreglado algunas cosas de mantenimiento de la casa para usted. ¿Cómo no voy a quererle?

El anciano adquirió de pronto la expresión de un ave inquisitiva.

—Entonces... ¿lo quieres de verdad?

—Por supuesto que sí —afirmó ella.

Dios, qué fácil se estaba volviendo eso de no decir la verdad. Ni siquiera le había sonado a mentira.

Le había resultado muy fácil decirle prácticamente lo mismo a la madre de Simon por la mañana. Sintió como que no estaba mintiendo en absoluto. Las palabras habían salido de su boca con una autenticidad que no podía explicar. No quería explicar.

—Tal vez me equivoqué respecto a ese hombre —murmuró el anciano—. No es que no me guste. Tiene fuerza, ambición.

«A mí también me gusta. Tal vez demasiado».

Tillie tomó asiento a su lado, en la silla del visitante.

—¿Ha decidido ya qué va a hacer con McClelland Park?

Los ojos del señor Pendleton se clavaron en los suyos de manera escrutadora.

—¿Es eso lo que quieres, Tillie? ¿Vivir allí con él y formar la familia que siempre has soñado?

A Tillie se le formó de pronto un nudo en la garganta.

«Oh, Dios. Oh, Dios».

¿Por qué no se había dado cuenta de aquello hasta ahora? ¿O acaso había hecho lo que tenía por costumbre, ignorar lo que resultaba obvio? Vivir en un estado de negación hasta que ya era demasiado tarde. No era de extrañar que no le hubiera importado nada saber que su ex iba a ser padre, porque el único padre que ella quería para sus hijos era Blake. El hombre del que se había enamorado locamente a pesar de todas las promesas de no hacerlo. ¿Cómo no se iba a enamorar de él? Era todo lo que siempre había buscado en un compañero.

Era perfecto para ella.

La persona con la que podía hablar de cosas que no había hablado nunca con nadie más. La persona que le escuchaba y sentía cosas por ella y la hacía sentir cosas a ella que nunca había experimentado.

–Sí –afirmó–. Quiero eso más que nada en el mundo.

No era mentira. Era la verdad. En todos los sentidos. Quería estar con Blake. No quería solo una aventura a corto plazo.

Quería estar con él para siempre.

¿A quién quería engañar? Ella no era una «soltera y encantada de estarlo». Era una chica de matrimonio o nada. Aquello era algo que no podía cambiar como quien cambia de camiseta.

Lo tenía grabado a fuego en el alma... era una chica que quería el cuento de hadas porque sabía que no podría ser feliz con nadie más que con Blake. No necesitaba tener un montón de aventuras con un montón de hombres para saber que Blake era el adecuado para ella.

El único hombre para ella.

En cuanto la besó sucedió algo que la convirtió en suya para siempre. Había encendido su pasión, una pasión que solo él podía disparar. El señor Pendleton dejó escapar un suspiro.

–Soy un hombre viejo, pero todavía recuerdo lo que era estar enamorado. Echo de menos a mi Velma todos los días.

–Lo sé. Debe usted sentirse muy solo.

El anciano apretó los dedos en los brazos de la silla y frunció el ceño.

–Voy a tener que hacer algo con esta perra. No me la puedo llevar allí donde voy.

Tillie tragó saliva.

–¿Dónde tiene planeado ir?

–¿Planeado? –el señor Pendleton resopló–. Eso es lo malo de hacerse viejo. Pierdes la capacidad de planear nada. Las cosas suceden y no tienes ningún control sobre ella.

—Debe ser duro...

El señor Pendleton giró la cabeza para volver a mirar por la ventana y parpadeó un par de veces muy deprisa, como si estuviera tratando de contener una emoción.

Trufa dejó de morder el felpudo de goma que había detrás de la puerta y se acercó para sentarse con la cabeza en sus rodillas. Las manos del anciano le acariciaron distraídamente la cabeza y luego se giró despacio hacia Tillie.

—Voy a ir a una residencia. No quiero hacerlo, pero no puedo manejarme yo solo. La mansión es demasiado grande para un viejo como yo. Es un lugar pensado para una familia, no para un viejo cascarrabias que ya tiene un pie en la tumba.

Tillie le tomó una mano entre las suyas. Tenía ganas de llorar, y sentía las lágrimas ardiéndole en los ojos.

—Seguiré viniendo a visitarle todos los días. Y cuidaré de Trufa, y la llevaré conmigo... es decir, si permiten la visita de perros.

La expresión del señor Pendleton tenía un punto de ironía.

—¿No vas a estar demasiado ocupada haciendo bebés como para preocuparte por mí?

«No. Estaré sentada sola viendo películas para todos los públicos y con un perro comiéndose todo lo que no esté clavado».

Blake se pasó por el hospital de camino a casa para ver al señor Pendleton antes de llevar a Tillie a cenar fuera. El viejo le había dejado un mensaje en el contestador diciéndole que quería hablar con él. Blake intentó no emocionarse demasiado. Sabía que el señor Pendleton podía ser manipulador.

El mes estaba a punto de terminar. Tenía que tomar una decisión pronto porque no podía quedarse en el hospital para siempre. Tendría que mudarse a un lugar donde sus necesidades pudieran ser atendidas. Blake no quería hacerse demasiadas ilusiones hasta ver la firma del señor Pendleton en los documentos.

Había planeado una velada especial para la cena con Tillie, en un restaurante pequeño pero excelente según le había comentado un cliente. Después de la cena había baile con música en directo, y después irían a casa a la cama.

A casa.

Resultaba curioso cómo empezaba a pensar en McClelland Park y en Tillie como si estuvieran irremediablemente unidos. Y en cierto modo era así. Tillie era la razón por la que estaba tan cerca de recuperar el hogar de sus antepasados. Si salía bien le estaría siempre agradecido por su papel en aquel asunto.

Pero había algo más. Tillie hacia que aquella casa grande y vieja pareciera un hogar. Los pequeños detalles que tenía le recordaban a su madre. Los jarrones con flores frescas, la comida casera guardada en latas en la despensa, las habitaciones aireadas y las sábanas limpias y frescas en la cama. La casa tenía una atmósfera vibrante, casi palpable, cuando ella estaba allí. Los días que Blake llegaba antes parecía vacía y fría. Pero la luminosa presencia de Tillie arrojaba luz en cada oscuro rincón de aquella casa.

El señor Pendleton estaba sentado al lado de la ventana en una mecedora, y Blake se quedó un instante mirándole desde el quicio de la puerta. El hombre parecía cansado y triste, como si los huesos de su cuerpo fueran demasiado débiles para sostenerle recto.

–¿Jim?

El hombre se giró para mirarle.

–McClelland.

Blake acercó otra silla y sus fosas nasales captaron un leve rastro del perfume de Tillie en el aire.

–¿Acaba de estar Tillie aquí?

–Hace media hora –respondió el señor Pendleton–. Me ha traído a la perra. Va a quedársela, yo no puedo llevármela a la residencia conmigo.

–Es una pena –afirmó Blake–. Pero Tillie cuida de maravilla de Trufa.

La mirada de pájaro del señor Pendleton se clavó en la suya.

–Me ha dicho que está enamorada de ti. La primera vez que me lo dijo no me lo creí. Pero ahora sí.

Blake ignoró el escalofrío que sintió en el cuero cabelludo. Tillie era una gran actriz. Sabía lo mucho que él deseaba recuperar la mansión. Estaba haciendo todo lo posible por ayudarlo. Por supuesto que actuaba como una mujer enamorada, porque ese era el trato que tenían. Él también estaba dando la impresión de ser un hombre enamorado.

–Soy un hombre afortunado –afirmó sonriendo para corroborarlo.

La expresión del señor Pendleton se arrugó tanto como una bolsa de papel.

–No me has engañado ni por un segundo, McClelland. Tú no estás enamorado de ella.

Tal vez no fuera tan buen actor como pensaba después de todo.

–¿Qué le hace pensar eso?

–¿Hasta dónde llegarías para recuperar McClelland Park?

Blake resistió la tentación de cambiar de postura bajo el penetrante escrutinio de la mirada del anciano. Se había enfrentado y ganado a hombres mucho más duros que Jim Pendleton. Mucho más.

–Estoy dispuesto a pagarle por encima del precio de mercado. El doble, incluso.

El señor Pendleton se rio amargamente.

–Dinero. ¿Crees que quiero dinero a estas alturas de mi vida? Lo que necesito es... da igual lo que necesito –volvió a fruncir el ceño–. Te venderé la casa. Iba a hacerlo desde el principio, ¿sabes?

¿De verdad?

Blake estaba orgulloso de su cara de póquer. Entonces, ¿para qué tantas vueltas? ¿Qué pretendía conseguir el viejo? No sabía si sentir alivio por haber conseguido finalmente su objetivo o rabia porque le hubieran hecho saltar por los aros como un perro de circo.

–Me ha encantado vivir ahí todos esos años, pero nunca fue lo mismo sin Velma y sin mi hija Alice –confesó el señor Pendleton–. Eso es lo que hace que una casa sea un hogar. La gente que vive ahí contigo. Pero tú no necesitas que te cuente esto. Seguro que tú recuerdas muy bien lo vacío que puede ser un lugar cuando pierdes a alguien que quieres.

Por eso Blake no quería querer a nadie *tanto*. No lo suficiente para quedarse destrozado al perder a esa persona. No lo suficiente para arrancarse el corazón del pecho y dejar en su lugar una herida gigantesca y sangrante.

–¿Cuándo quiere que inicie el papeleo? –preguntó.

–Cuando quieras –contestó el anciano.

Blake se preguntó por qué no sentía la satisfacción

que creyó que iba a experimentar en aquel momento. Lo había conseguido. Había logrado que el anciano accediera a venderle la que fue su casa.

–¿Quiere que le lleve a la mansión para que Tillie y yo podamos ayudarlo a recoger sus cosas?

El señor Pendleton sacudió la cabeza.

–No podría soportarlo. Odio las despedidas.

Como todos.

Tillie estaba recorriendo arriba y abajo el salón cuando Blake entró y le dio un beso en la boca antes de que ella pudiera siquiera decirle hola.

–¿Sabes qué? –dijo Blake–, Jim ha accedido a venderme la mansión.

Ella sabía que debería alegrarse por él, pero se sentía triste. Aquello era el fin de su aventura.

–Debes estar encantado.

Blake frunció el ceño ante su tono apagado.

–¿Qué ocurre? Lo hemos conseguido. Tú lo has conseguido en realidad –se rio con ligereza–. Conseguiste convencer completamente al viejo de que estás enamorada de mí.

Se hizo un momento de silencio.

–Eso es porque estoy enamorada de ti.

La expresión de Blake se contrajo como si le hubieran dado una bofetada en la cara. Se apartó un poco de ella.

–No hablas en serio –su tono tenía un tono áspero.

Tillie esperaba exactamente aquella reacción, pero a pesar de todo una frágil esperanza surgió en su pecho. Tal vez él sintiera lo mismo.

–Lo digo en serio, Blake. Sé que no es lo que quieres oír, pero no puedo evitarlo. Tenía que decírtelo.

–No hagas esto, Tillie.

–¿Qué estoy haciendo? Dijiste que podía ponerle fin cuando llegara el momento. Bien, pues este es el momento. Ya tienes lo que querías. Has recuperado McClelland Park.

Blake apretó las mandíbulas con fuerza.

–Sí, pero eso no significa que tengamos que terminar las cosas aquí y ahora.

–¿Y cuándo entonces? ¿Dentro de una semana? ¿De un mes? ¿De dos?

–Mientras estemos contentos con cómo van las cosas...

–Pero yo no estoy contenta –afirmó Tillie–. Estoy interpretando un papel que no es para mí. Puede que se me dé bien, pero no se corresponde con quien soy. Quiero algo más que un sexo estupendo. Quiero casarme, compromiso, hijos y...

–Espera un momento –Blake alzó una mano–. Me dijiste que ya no estabas interesada en esas cosas. Dijiste que estabas en contra del matrimonio. Dijiste que ningún hombre volvería a conseguir que te vistieras de blanco y te presentaras en la iglesia. Esas fueron tus palabras.

Tillie dejó escapar un suspiro tembloroso.

–Sé que lo dije. Y en aquel momento lo decía de verdad, pero...

–Ya, bueno, yo lo dije de verdad entonces y lo sigo diciendo ahora –la interrumpió él–. No estoy interesado en casarme ni contigo ni con nadie. Fui completamente sincero contigo al respecto, ¿y ahora me dices que quieres que cambie? Bueno, ¿pues sabes qué, cariño? Eso no va a pasar.

Blake se dirigió al otro extremo de la estancia y se quedó frente a la chimenea agarrando con tanta fuerza la repisa que parecía que la iba a arrancar.

Tillie pensaba que leer aquel mensaje de Simon fue lo peor, pero esto tampoco se quedaba atrás. Sentía como si le estuvieran aplastando el corazón y apenas podía respirar. Tenía la garganta cerrada por el dolor.

–¿Estas semanas no han significado nada para ti? ¿Nada en absoluto?

Blake se giró a toda prisa y la miró fijamente.

–¿Qué ha pasado desde esta mañana en la ducha hasta ahora? Si no recuerdo mal, en aquel momento estabas encantada con los términos de nuestro acuerdo.

Tillie cerró los ojos un instante para no tener que ver la acritud de su mirada. Pero cuando volvió a abrirlos Blake le había dado la espalda y estaba otra vez apoyado en la repisa de la chimenea.

–Tres cosas –dijo ella–. Esta mañana vino a verme la madre de Simon –vio cómo los músculos de la espalda de Blake se ponían tensos–. Su novia y él van a tener un bebé.

Blake se giró para mirarla con expresión precavida.

–¿Estás triste?

–No, no como pensé que estaría. O como debería –aseguró Tillie–. Pero me hizo darme cuenta de que quiero tener una familia. No tener un hijo con un hombre cualquiera al azar, sino con...

–No. No. No –sus palabras sonaron como disparos.

–Al menos escúchame, Blake –le pidió ella–. No te ha contado las otras dos cosas.

–Adelante –los labios de Blake apenas se movieron al hablar, y había vuelto a recuperar su expresión pétrea.

Tillie aspiró con fuerza el aire.

–Mis padres por fin me han enviado un correo. Me felicitan por mi compromiso, pero no pude evitar sentir que lo que más les preocupara era que no hubiera sido capaz de perdonar a Simon. Les daba igual que fuera feliz y estuviera plena siempre que hubiera hecho lo correcto respecto a él.

—No puedes cambiar a la gente, así que no te molestes...

—No estoy interesada en cambiar a mis padres —aseguró ella—. Además, la que ha cambiado soy yo. Ahora sé lo que quiero y no tengo miedo de pedirlo. Tú me enseñaste eso, Blake.

La expresión de Blake seguía siendo tan dura como la de un muro de retención.

—Has mencionado una tercera cosa.

—La tercera es que fui a ver al señor Pendleton después del trabajo. Me preguntó qué era lo que quería. Si quería vivir aquí contigo y tener hijos, y me di cuenta de que eso es justo lo que quiero. Más que nada en el mundo.

Blake cerró los ojos como si deseara que cuando volviera a abrirlos ella ya no estuviera allí diciéndole aquellas cosas.

—Lo siento, Tillie. Pero no puedo ofrecerte el cuento de hadas. Te lo dije desde el principio. Yo no soy...

—Lo sé, lo sé —dijo ella—. No eres de los que sientan la cabeza. Bueno, pues yo sí. Lo que significa que estamos en un callejón sin salida.

Blake se frotó la cara como si así pudiera borrar los últimos minutos.

—Entonces, ¿estás poniendo fin a nuestra aventura?

—Ese era el plan, ¿no? Dijimos que sería yo quien lo haría.

Blake se rio con amargura.

—Podrías haber elegido un mejor momento para esto.

«Y tú podrías tener una mejor actitud».

–¿Qué quieres? ¿Que salga contigo a celebrar el éxito de tu objetivo? –preguntó Tillie–. No puedo hacer eso, Blake. No lo haré. He accedido a representar esta farsa, pero nunca quise hacerlo. Me medio obligaste con tu... maldita generosidad, que en realidad no es generosidad porque eres tan rico que tu cuenta bancaria ni siquiera lo habrá notado.

–No voy a disculparme por ser un hombre de éxito.

–Puede que tengas éxito en términos de dinero y negocios, pero en lo importante no lo eres –afirmó Tillie–. Has recuperado esta casa. Bien hecho. Pero, ¿qué pasará cuando tengas la edad del señor Pendleton? ¿Quién estará ahí contigo? Tendrás que pagar a alguien. O chantajearle.

Blake apretó las mandíbulas como si hubiera recibido un puñetazo pequeño en la mejilla. Sus ojos parecían dos nubes de tormenta.

–Creo que has dejado muy clara tu postura. ¿Quieres que te ayude a recoger tus cosas o ya lo has hecho?

¿Cómo podía ser tan cruel, tan frío e insensible? Como si fuera una invitada que hubiera sobrepasado los límites. Pero tal vez eso fuera exactamente. Una invitada en la vida de Blake. Un pasatiempo fugaz del que había disfrutado mientras trataba de conseguir un objetivo, pero ahora había terminado con ella. No la necesitaba.

No la quería.

–Lo haré ahora –dijo Tillie sin mostrar la emoción que le subía por la garganta. El orgullo la había metido en aquel lío y el orgullo la sacaría–. Pero tendrás que ocuparte de Trufa porque no puedo llevármela a un hotel. Cuando encuentre dónde quedarme vendré a buscarla.

–Muy bien.

Blake se llevó a Trufa a dar un paseo para no tener que ver a Tillie marcharse. ¿Por qué había escogido aquel día para poner fin a su aventura? Él tendría que estar celebrando haber recuperado su casa, y ahora ella lo había estropeado todo insistiendo en poner fin a su relación. El problema no era que estuviera tocando a su fin el mes que habían acordado. Era que le hubiera soltado aquella bomba sobre que estaba enamorada de él y quería que fuera el padre de sus hijos. Blake no pudo dejarle más claro que no era material para bodas. No le había hecho ninguna promesa ni le había dado pistas falsas. Fue brutalmente sincero y ahora ella le decía que quería que fuera el príncipe azul de su cuento.

Pero lo más importante era que había recuperado McClelland Park. Debería estar centrado en eso, no en que Tillie hubiera puesto fin a lo suyo.

Trufa levantó las orejas al escuchar el coche de Tillie saliendo de la entrada y gimió, moviendo la cabeza de lado a lado como si estuviera confusa. Blake le agarró el collar por si acaso.

–Volverá por ti, Trufa.

La perra volvió a gemir y cada músculo de su cuerpo parecía preparado para salir disparada y perseguirla.

–Sí, conozco la sensación –aseguró Blake–. Pero lo superarás, créeme.

Capítulo 10

TILLIE pensó que tener que enfrentarse a todo el mundo cuando fue abandonada resultó duro, pero cuando corrió la noticia de que su compromiso con Blake estaba roto, se vio asediada por la desilusión de todo el mundo en el pueblo. Era estupendo para el negocio porque la gente entraba en la tienda con el pretexto de comprar pasteles y, una vez que los tenían, le dedicaban una palabra o dos o unas cuantas parrafadas sobre lo tristes que estaban en su nombre ya que creían que Blake era perfecto para ella.

Sus beneficios subieron y tuvo que dedicarle más tiempo a la cocina para mantener el ritmo. Consiguió incluso atraer clientela para las celebraciones de las rupturas. Era en cierto modo muy trágico que ella fuera la imagen de las relaciones rotas, pero abrazó su papel y añadió una página nueva a su Web. Había encontrado un apartamento de alquiler que admitía perros en el pueblo, y Blake había dejado allí a Trufa mientras ella estaba en el trabajo. El hecho de que no hubiera esperado a que ella estuviera en casa era un alivio y al mismo tiempo una decepción. ¿Así que no quería verla? Muy bien. Ella tampoco quería verle a él.

Quería tomarse un tiempo para pensar en qué hacer a continuación. No quería hacer las maletas y dejar el pueblo, pero si continuaba siendo el foco de atención debido a su vida amorosa, o más bien por la falta de ella, acabaría volviéndose loca de atar.

El señor Pendleton se había trasladado a la residencia, y aunque era un sitio agradable y el personal encantador, Tillie era consciente de que aquello no era un hogar para él. ¿Cómo iba a serlo? Allí no podía tener a Trufa, y cada vez que iba a visitarlo lo encontraba más deshinchado.

La propiedad de McClelland Park había sido transferida a Blake, pero ya no había vuelto a saber nada más de él desde que le mandó un mensaje para decirle que había dejado a Trufa en su casa. Joanne era la única que no mostraba compasión por ella.

—Creo que deberías haber aguantado hasta que se diera cuenta de que está enamorado de ti –le dijo.

—Pero no está enamorado de mí –afirmó Tillie dando los últimos toques a una tarta de divorcio.

Nunca lo estuvo.

Nunca lo estaría.

—Entonces, ¿por qué no se le ha visto con nadie desde la ruptura? –Joanne señaló la figurita del ex subido en lo alto de la tarta que estaban decorando–. A este tipo le han visto con cuatro mujeres desde que se separó de Gina.

Tillie clavó un destornillador de metal en la entrepierna de la figurita de mazapán.

—Ya está. A ver si así desacelera un poco.

—¿Por qué no has hecho una tarta de ruptura para ti misma? –preguntó Joanna tras unos segundos–. Podríamos hacer una fiesta. Yo te ayudaría a prepararla.

Tillie se apartó un poco para revisar su trabajo.

—No necesito olvidarme de Blake McClelland. Ya lo he superado.

No era cierto. Se pasaba la mayor parte de las noches dando vueltas en la cama, sintiéndose vacía y sola. Cada poro y cada célula de su cuerpo lo echaban de menos. A veces sentía que todavía podía notarlo moviéndose dentro de su cuerpo, pero entonces se despertaba del sueño y se daba cuenta con profunda tristeza de que no estaba a su lado en la cama. Sus brazos no la rodeaban, no tenía su barbilla apoyada en la coronilla.

Estaba sola.

—¿Y por qué sigues llevando su anillo?

Tillie se miró el diamante de la mano. Por alguna razón, a pesar de la pérdida de peso que había experimentado en las dos últimas semanas, seguía firmemente alojado en su dedo.

—No he tenido tiempo de que me lo corten, esa es la razón. Pero en cuanto me lo quiten se lo devolveré.

Blake fue a ver a su padre el día que firmó oficialmente la compra de McClelland Park. Pensaba que aquellas dos últimas semanas de tristeza que había vivido valdrían la pena con tal de ver la expresión de su padre cuando le presentara las escrituras de la casa. Una tristeza que no esperaba sentir, que le había devorado las entrañas hasta que apenas pudo comer.

No entendía qué le estaba pasando. Fue él quien trazó aquel plan de un mes de duración con Tillie.

—Papá, quiero que vengas conmigo el fin de semana. Tengo una sorpresa para ti.

Andrew McClelland parecía ligeramente avergonzado.

—No es un buen momento para mí. Este fin de semana tengo... algo.

Blake frunció el ceño.

–¿Desde cuándo tienes algo un fin de semana? Cada vez que vengo estás aquí sentado mirando a la pared.

Su padre seguía sujetando entreabierta la puerta de su casa de Londres, como si ocultara algo.

–¿No puede ser en otro momento?

Tal vez su padre estuviera adoptando su triste papel de recluso. Cerraba las puertas y las persianas y no hablaba con nadie durante días. Blake miró de reojo hacia la ventana en la que estaba situada el dormitorio de su padre. Sí, las persianas bajadas.

–Vamos, papá. Llevo semanas planeando esto. Sin duda nada de lo que estés haciendo es tan importante. Te vendrá bien un poco de sol y aire fresco.

–Hay alguien conmigo ahora mismo.

¿Alguien? ¿Quién? Blake frunció el ceño con tanta fuerza que podría haber roto una nuez entre las cejas.

–¿Qué pasa aquí?

Las mejillas de su padre tenían más color del que Blake le había visto en años.

–Estoy atendiendo a una invitada.

¿Su padre tenía una invitada? ¿El hombre que había vivido solo y se había negado a salir incluso de compras estaba *atendiendo a una invitada*?

–¿Quién?

–Una dama que conocí en el centro de rehabilitación con lo del corazón –dijo su padre–. Es viuda. Perdió a su marido a los treinta y tantos años y no había salido con nadie desde entonces. Hemos empezado una amistad. Bueno, algo más que una amistad. ¿Puedes venir en otro momento?

Estupendo. Su padre tenía oficialmente más vida sexual que él. Aunque Blake no quería tener sexo con nadie desde que Tillie puso fin a su aventura. El sexo con otra persona era lo último que se le pasaba por la cabeza. Se ponía enfermo solo de pensar en estar con alguien más. No podía imaginarse besando y tocando a nadie del modo en que anhelaba tocar a Tillie.

—Iba a decírtelo, pero últimamente has estado muy ocupado —dijo su padre.

—Papá, he comprado McClelland Park —le confesó su hijo—. Llevo trabajando en ello desde el mes pasado. Has recuperado tu casa. Puedes volver y vivir allí cuando quieras. Es tuya. Aquí tengo las escrituras...

—Oh, Blake, no sé qué decir... —la expresión de su padre se ensombreció—. Es un gesto maravilloso. Típico de ti pensar siempre en mí. Pero no puedo volver allí.

¿Cómo que no podía volver allí? Blake había removido cielo y tierra para devolverle la maldita casa. ¿Cómo era posible que no quisiera vivir allí?

—Pero te encanta ese lugar —dijo Blake—. Es tu hogar. El lugar en el que fuiste más feliz y donde...

—Dejó de ser mi hogar cuando murió tu madre —le interrumpió su padre—. Esa parte de mi vida acabó. Finalmente he seguido adelante. Si ahora tuviera que vivir allí sería como ir para atrás. Me encantaba ese sitio, pero sin tu madre no significa nada para mí. Solo es una casa vieja, grande y vacía.

—Pero no estaría vacía si vivieras allí con tu nueva amiga —dijo Blake—. Podríais construir un bonito hogar juntos...

—Podría, pero eso sería hacer lo que tú crees que es mejor para mí en lugar de lo que yo creo que es mejor —afirmó su padre—. Sé que estos veinticuatro años han sido duros para ti. He sido una carga terrible y quiero dejar de serlo. Ahora mismo.

Blake tragó saliva para ocultar su desilusión. ¿Su padre no quería recuperar McClelland Park? ¿Había trabajado tanto para... nada?

–Blake, por favor, ¿puedes irte? –dijo su padre–. Estoy bien. Ya no tienes que cuidar de mí. Te llamaré mañana o pasado y saldremos a cenar con Sussie. Puedes llevar a alguien si quieres. ¿Estás saliendo con alguien en este momento?

¿Así que ahora era su padre quien le organizaba a él la vida social? Aquello era raro. Muy raro.

–Nadie en especial.

–Bueno, pues ven tú solo. No nos importa.

«Pero a mí sí».

Tillie vio cómo se iban formando las nubes de tormenta el viernes por la tarde mientras daba los últimos detalles a una tarta para una boda que se celebraría el sábado. La luz había hecho amago de irse un par de veces y no podía dejar de pensar en Trufa, que estaría pasándolo fatal en la casa alquilada. Trufa odiaba las tormentas. Se escondía debajo de los muebles o en las esquinas y lloraba como si fuera el fin del mundo. Ya era bastante angustioso verlo, pero no poder estar ahí para consolar al pobre animal resultaba todavía peor.

Tillie se fue a casa más pronto y dejó que Joanne cerrara la tienda. El viento aullaba y azotaba las ramas de los árboles de la calle a medida que se iba acercando. Pero cuando llegó a la entrada de la casa el corazón le dio un vuelco. La puerta que llevaba al camino frontal no solo estaba abierta, sino que colgaba de los goznes y había una rama de árbol caída en medio. Tillie corrió luchando contra el viento y la lluvia hacia el jardín trasero, pero no había ni rastro de la perra.

El pánico se apoderó todavía más de ella al escuchar que el granizo comenzaba a caer con fuerza en el camino de baldosas. Lo único que el señor Pendleton esperaba cada día con ilusión era ver a Trufa. ¿Cómo iba a decirle que la había perdido? ¿Y si la había atropellado un coche y estaba sangrando en alguna cuneta inundada de agua?

Al señor Pendleton le partiría el corazón perder a Trufa. Le volvería todavía más desalentado y deprimido.

Tillie corrió calle abajo llamando a la perra, pero lo único que consiguió fue calarse hasta los huesos. Tenía un nudo de terror en el estómago, un puño frío que la apretaba por dentro hasta que se vio obligada a detenerse e inclinarse para apoyar las manos en las rodillas y recuperar el aliento.

¿Cómo podía estar ocurriendo aquello?

¿Dónde se había metido Trufa? ¿Habría ido a McClelland Park? Después de todo era su hogar, el lugar en el que había pasado los primeros dos años de su vida. La casa nueva no le resultaba tan familiar y tal vez se asustó cuando estaba en el jardín y salió huyendo.

Tillie no se planteó la posibilidad de encontrarse con Blake. Por lo que ella sabía no había vuelto a la mansión desde que se formalizó la venta. No tardaría mucho en echar un rápido vistazo alrededor para ver si Trufa estaba por ahí. Solo estaba a unos pocos kilómetros, pero sabía que los perros podían recorrer largas distancias cuando estaban estresados.

«Por favor, que esté ahí. Por favor, que esté ahí».

Tillie no sabía si estaba rezando por el perro, por Blake o por los dos.

Blake decidió ir de todas formas a pasar el fin de semana en McClelland Park. ¿Y qué si su padre estaba demasiado ocupado con su nueva amante para celebrar con él el regreso al hogar de sus ancestros? ¿Y qué si el tiempo había empeorado para colmo? Podía llover y granizar todo lo que quisiera. Le daba exactamente igual. Podía beber champán y comer caviar él solo. Tenía el derecho a celebrar, ¿no? Había conseguido lo que se proponía. ¿Y qué si su padre no quería vivir ahí ahora? Daba lo mismo. La casa había vuelto a los McClelland y se quedaría en sus manos.

A Blake no se le había pasado por la cabeza vivir ahí él... bueno, tal vez eso no fuera del todo cierto. Había pensado en ello. Muchas veces. Pero no se había permitido el espacio para meditarlo con calma.

La casa parecía cavernosa, fría y vacía cuando abrió la puerta de entrada. Como una mansión gótica abandonada con tablones sueltos en el suelo, sobre todo con la tormenta aullando como una bestia herida.

Blake cerró la puerta a toda prisa para protegerse del viento, la lluvia y las balas de granito, pero no hubo ningún maravilloso aroma culinario en el aire para recibirle, ni jarrones de flores frescas en la mesa del recibidor. Los muebles que había comprado con la casa eran solo muebles. Era como si estuviera en el almacén de un anticuario. No había ladridos emocionados de una perrita loca que arañaba los tablones del suelo con las uñas cuando salía corriendo a recibirle sin disimular su alegría.

Y lo peor de todo... no estaba Tillie.

Blake se quedó allí de pie, rodeado de los muebles, los muros y el tejado de aquella casa que ya no era un hogar. Aquel era su precio. Su santo grial. La misión en la que había estado soñando durante muchos años de su vida, haciendo planes y estrategias. Y finalmente lo había conseguido.

Entonces, ¿por qué le parecía tan... inútil?

Blake entró en el salón y corrió las cortinas para mirar la vista del lago y del viejo olmo. El viento agitaba sus ancianas ramas, sacudiendo las hojas como si no le importara nada la promesa que Blake había hecho tantos años atrás. Pero entonces se quedó casi deslumbrado por el destello de un relámpago y después se escuchó el ensordecedor ruido de un trueno seguido de un resquebrajamiento. Blake parpadeó para aclararse la mirada y vio al anciano olmo caer y estrellarse contra el suelo como un gigante caído.

Ver al árbol allí tirado hecho un desastre le obligó a mirarse a sí mismo con dureza. El árbol que una vez fue fuerte y seguro de sí mismo estaba ahora partido, hecho trizas. Había sido un símbolo de su viaje desde la infancia, pero ahora solo serviría para hacer leña.

¿Cómo podía haberse equivocado tanto sobre aquella casa, sobre su padre?

Sobre sí mismo.

La finca no era suficiente. Aquella enorme mansión con todos sus recuerdos no era suficiente. No le hacía sentirse satisfecho. Solo le hacía sentirse desgraciado. Solo y desgraciado como una casa vieja con muebles pero sin familia.

Su padre tenía razón, y también el anciano y sabio señor Pendleton. ¿Qué era una casa si no se compartía con alguien a quien querías?

Y Blake amaba a Tillie.

¿Cómo podía no haberse dado cuenta hasta ahora? O tal vez sí se dio cuenta. Tal vez fue consciente desde el momento en que entró en la pastelería y se encontró con aquellos ojos brillantes. Pero se había protegido de aquellos sentimientos porque resultaba demasiado amenazador amar a alguien que quizá no estaría siempre allí.

Aunque en cualquier caso ya la había perdido.

¿Sería demasiado tarde?

Sentía como si tuviera el corazón aplastado por el tronco caído del viejo olmo. ¿Y si había estropeado su única oportunidad con Tillie? La había dejado marchar sin decirle que la amaba. Le había dicho que no quería un futuro con ella, matrimonio, hijos... todas las cosas que habían hecho que aquella casa fuera lo que tenía que ser.

Pero sí quería aquellas cosas. Las quería pero solo si podía tenerlas con ella.

Blake agarró las llaves, pero en su camino al coche vio a una Trufa sucia sacudiéndose mientras se acercaba a él. Atravesó la puerta de entrada y desapareció en el interior de la casa dejando un rastro de huellas manchadas de barro.

Blake cerró y siguió a la perra a su escondite debajo del sofá del salón.

—¿Qué haces aquí, pequeña? —dijo agachándose a su lado para tranquilizarla.

La perra se estremeció y le miró con ojos aterrorizados.

Blake agarró una manta del sofá más cercano y la cubrió con ella para hacerla sentir más segura. Se incorporó para cerrar las cortinas y evitar que la tormenta la asustara, pero entonces escuchó por encima

del ruido de la tormenta de fuera el sonido de un coche acercándose. El corazón le dio un vuelco.

–Quédate aquí –le ordenó a la perra.

Tillie vio el coche de Blake aparcado delante de la
casa y se detuvo detrás de él. Apenas se tomó el tiempo
de apagar el motor. Lo primero en lo que se fijó fue que
el olmo estaba derribado.

«Dios mío, por favor, que Trufa no esté debajo».

¿Habría buscado la aterrorizada perra refugio bajo
sus ramas excesivamente inclinadas? Salió corriendo del
coche a través de la intensa lluvia justo cuando Blake
abría la puerta de entrada.

–¿Está Trufa aquí? –preguntó Tillie–. El olmo se
ha caído. Por favor, dime que está aquí contigo y que
no aplastada bajo el tronco. No la encuentro por ningún lado y no podría soportar tener que decirle al señor Pendleton que...

–Está aquí conmigo –la tranquilizó Blake tomán-
dola de las manos para que entrara en casa. Luego
cerró la puerta.

–¿Está bien? ¿Está herida? ¿Está...?

–Está a salvo –Blake la tomó de los antebrazos–.
Está escondida detrás del sofá del salón pero se encuentra bien. ¿Tú estás bien?

«¿Que si estoy bien? Por supuesto, estoy mejor
que bien».

Tillie cerró los ojos para mantener el control de sus
emociones. Debería sentirse aliviada por haber encontrado a la perra sana y salva, pero volver a ver a Blake
se le mezclaba con la cabeza y con el corazón.
¿Cuánto tiempo llevaba Trufa ahí? ¿Por qué no le
había llamado o le había puesto un mensaje para de-

cirle que la perra estaba bien? No le habría supuesto ningún esfuerzo.

Pero no, Blake no quería saber nada de ella.

—Estaba preocupadísima —dijo Tillie—. Odia las tormentas. Tendría que haberme dado cuenta, haber vuelto antes para ver cómo estaba y encerrarla en la casa o algo así, pero el viento arrancó la puerta de los goznes y Trufa debió escaparse. Al menos podrías haberme enviado un mensaje para decirme que estaba bien.

Blake le deslizó las manos hacia las suyas y se las apretó cariñosamente.

—Iba a llamarte ahora mismo. De hecho iba de camino a verte.

Tillie sintió cómo el pulgar de Blake se deslizaba por el diamante que ella tenía en la mano izquierda.

—Ah, claro, el anillo. Siento no habértelo devuelto todavía. Lo he intentado un montón de veces, pero sigue sin moverse. No he tenido tiempo de llevarlo a cortar. Lo habría hecho antes pero ha sido una locura en la tienda y...

—No quiero que me lo devuelvas —afirmó Blake—. Quiero que se quede justo donde está.

A Tillie le latía el corazón con tanta fuerza que le pareció que se le iba a salir del pecho en cualquier momento.

—No lo dices de verdad. Me dijiste que tú no...

—No me recuerdes lo tonto que he sido, cariño —la interrumpió él—. Te amo. Quiero casarme contigo. Quiero vivir contigo y tener muchos hijos. Por favor, dime que sí.

Tillie alzó la mirada y le miró estupefacta.

—¿Se... se trata de una broma?

Blake se rio entre dientes.

–Supongo que me lo merezco. Por supuesto que no es una broma. Es la verdad. Te amo y no puedo soportar la idea de pasar otro día, otro minuto, otro segundo sin ti. Cásate conmigo, cariño. Volvamos a llenar esta viaja casa de amor y de risas.

–Pero, ¿y tu padre? –preguntó ella–. ¿No va a vivir aquí?

–Esa es otra cuestión en la que estaba completamente equivocado –afirmó Blake–. Mi padre tiene otros planes. Finalmente ha seguido adelante con su vida y yo no podría ser más feliz por él. Ha conocido a alguien. Alguien que significa para él mucho más que esta casa y todos los recuerdos que contiene.

Blake alzó la mano para acariciarle la cara y le sostuvo la mirada clavada en la suya.

–Tú eres mi persona especial, cariño. La persona perfecta para mí. Quiero pasar el resto de mi vida contigo.

Tillie se humedeció los labios. Todavía no estaba muy segura de haber escuchado bien. Aquello no podía ser real. ¿La amaba? ¿La amaba de verdad?

–Sigues llamándome cariño.

Los ojos azul grisáceo de Blake brillaron.

–Sí, así voy a llamarte a partir de ahora. Eres el amor de mi vida. Creo que me di cuenta de ello cuando te conocí, la vez que te hice sonrojar. Pero tenía miedo de amarte. Miedo de ser vulnerable porque había visto lo que amar a alguien le hizo a mi padre cuando mi madre murió.

Tillie le puso las manos en el pecho. Podía sentir el corazón latiéndole contra las palmas casi con la misma rapidez que el suyo.

–Te quiero muchísimo. Te he echado mucho de menos.

–Yo también a ti –afirmó él–. No te imaginas cuánto. Ha sido como un dolor profundo y constante. No he dormido bien desde que te fuiste. Sigo buscándote en la cama y siempre encuentro que no estás.

Tillie se apretó más contra él y le rodeó el cuello con los brazos.

–¿Lo dices de verdad? ¿En serio quieres casarte conmigo?

–Sí En cuanto podamos –dijo Blake–. Pero si no quieres casarte en una iglesia lo podemos hacer aquí. Al lado del lago... aunque creo que primero deberíamos plantar un nuevo olmo.

–Eso parece una gran idea –aseguró ella–. Para simbolizar un nuevo comienzo para McClelland Park.

–Entonces, ¿eso es un sí a mi proposición?

Tillie le dirigió una sonrisa burlona.

–¿Esta vez es de verdad o se trata también de una farsa?

Blake bajó la boca para encontrarse con la suya.

–Esta vez es de verdad y para siempre.

Epílogo

Un año después...

Blake llevó la bandeja con el té al jardín de McClelland Park, donde Tillie estaba descansando a la sombra con el señor Pendleton. El nuevo olmo que habían plantado al lado del lago no era tan grande para dar sombra todavía, pero cada vez que lo miraba desde lejos pensaba en el futuro que estaba construyendo con Tillie.

El padre de Blake y Sussie los visitaban con frecuencia y siempre se alegraban de estar ahí, pero Jim Pendleton pasaba con ellos casi todos los fines de semana desde que Blake y Tillie volvieron de su luna de miel. A Jim le encantaba estar con Trufa y tener cerca a Tillie, y Blake no podía discutírselo. A él también le encantaba tener cerca a Tillie. Más de lo que nunca podría expresar con palabras. La amaba más de lo que nunca creyó posible amar a alguien. Su vida estaba plena y enriquecida por ella. No había nada que no le gustara de estar casado con Tillie.

Pero dentro de unos meses habría alguien más a quien amar. Tillie estaba embarazada de doce semanas y Blake no podía creer la emoción que le causaba ser padre. Tillie rebosaba buena salud y apenas había tenido náuseas matinales hasta el momento.

El nuevo salón de té que Tillie había puesto en la remodelada posada de Maude Rosethorne iba de maravilla. Joanna y otra ayudante estaban haciendo un gran trabajo ocupándose de todo para que Tillie pudiera empezar a retirarse un poco y prepararse para la maternidad. A Blake le encantaba que tuviera tanto éxito con el salón de té, porque le gustaba pensar que así se le compensaban todas las desilusiones anteriores.

Trufa estaba persiguiendo una mariposa pero se acercó trotando cuando olió los bizcochos, la mermelada y la mantequilla que había dejado Blake sobre la mesa. Él se sentó al lado de Tillie y le puso la mano en la cintura, sonriendo al ver su rostro radiante.

—Es hora de contarle a Jim la noticia, ¿no te parece, cariño?

Tillie tomó la mano de Blake y se la puso en el abdomen.

—Tengo la sensación de que ya se lo ha imaginado, ¿no es así?

El rostro de Jim Pendleton estaba envuelto en una sonrisa.

—Felicidades. No podría estar más contento por los dos y por McClelland Park.

Blake miró el nuevo olmo, que tenía las raíces ancladas en el pasado y estiraba sus ramas hacia el futuro. No pudo evitar pensar que su madre estaría encantada al saber que la casa que tanto quería iba a estar una vez más llena de alegría y risa.

Se llevó la mano de Tillie a los labios y le besó las yemas de los dedos. Sintió el corazón henchido al ver el amor reflejado en su mirada.

—Creo que deberíamos plantar un olmo nuevo por cada hijo que tengamos. ¿Qué te parece, cariño?

Tillie sonrió.

—Creo que es un plan perfecto.

Y lo era.

Bianca

Vendida a un multimillonario

UN JUEGO DE VENGANZA

CLARE CONNELLY

La aristocrática Marnie Kenington se hundió en la desesperación cuando sus padres la obligaron a abandonar a Nikos Kyriazis; pero no lo olvidó, y tampoco olvidó su sensualidad. Por eso, cuando años más tarde insistió en reunirse con ella, el corazón de Marnie se llenó de esperanza… hasta que Nikos se lo aplastó bajo el peso de una fría e implacable amenaza: si no se casaba con él, no daría a su padre el dinero que necesitaba para salvarse de la bancarrota.

La traición juvenil de Marnie había empujado a Nikos a convertirse en un tiburón de las finanzas, y ahora estaba a punto de vengarse de los Kenington. Además, el famoso aplomo de Marnie no funcionaba en el dormitorio, y él sabía que podría ajustar cuentas de la forma más tórrida.

Acepte 2 de nuestras mejores novelas de amor GRATIS

¡Y reciba un regalo sorpresa!

Oferta especial de tiempo limitado

Rellene el cupón y envíelo a
Harlequin Reader Service®
3010 Walden Ave.
P.O. Box 1867
Buffalo, N.Y. 14240-1867

¡Sí! Por favor, envíenme 2 novelas de amor de Harlequin (1 Bianca® y 1 Deseo®) gratis, más el regalo sorpresa. Luego remítanme 4 novelas nuevas todos los meses, las cuales recibiré mucho antes de que aparezcan en librerías, y factúrenme al bajo precio de $3,24 cada una, más $0,25 por envío e impuesto de ventas, si corresponde*. Este es el precio total, y es un ahorro de casi el 20% sobre el precio de portada. !Una oferta excelente! Entiendo que el hecho de aceptar estos libros y el regalo no me obliga en forma alguna a la compra de libros adicionales. Y también que puedo devolver cualquier envío y cancelar en cualquier momento. Aún si decido no comprar ningún otro libro de Harlequin, los 2 libros gratis y el regalo sorpresa son míos para siempre.

416 LBN DU7N

Nombre y apellido	(Por favor, letra de molde)	
Dirección	Apartamento No.	
Ciudad	Estado	Zona postal

Esta oferta se limita a un pedido por hogar y no está disponible para los subscriptores actuales de Deseo® y Bianca®.
*Los términos y precios quedan sujetos a cambios sin aviso previo.
Impuestos de ventas aplican en N.Y.

SPN-03   ©2003 Harlequin Enterprises Limited